AF289343

Sounds of the demons
Band 1
AnniieStan

SOUNDS

OF

THE

demons

Annie Stan

1

Coverdesign: Anniie Stan
Lektorat & Korrektorat: Lissy Höhne / www.lektorat-meerblick.de

Herstellung und Verlag: BoD – Books on Demand, Norderstedt

Bibliographische Informationen der Deutschen Nationalbibliothek:
Die Deutsche Nationalbibliothek
verzeichnet diese Publikation in der Deutschen
Nationalbibliografie; detaillierte
Bibliografische Daten sind im Internet
über dnb.dnb.de abrufbar.

ISBN: 978-3-7597-2269-0

*Für meine Wattpadleser und Testleser,
die an mich geglaubt und mich
immer unterstützt haben.*

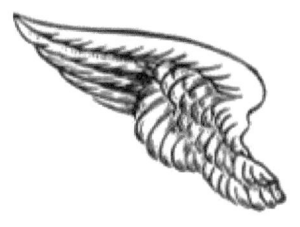 # PROLOG

- EVELYN -

Hätte ich von Anfang an gewusst, wozu Dämonen eigentlich
fähig sind, hätte ich das Kloster niemals verlassen!

Nichts, nichts auch nur im Entferntesten stand davon
in unseren Büchern.

Man sagte uns, man würde alles über diese Monster wissen
und ließen uns dabei in dem Glauben, dass wir
sicher wären, doch das war gelogen!

Schnell stellte ich fest, wie wenig wir uns überhaupt
auskannten und wie viel man vor uns verbarg.

Wer waren die wirklichen Monster

in meiner Geschichte?

Alles, was sich anfangs so richtig

angefühlt hatte,

fühlte sich plötzlich so falsch an. Und

nun wusste ich nicht mehr,

was die Wahrheit und was eine Lüge war.

»Doch das werde ich wieder lernen.

Ich werde alles neu lernen.«

Kapitel 1

- Evelyn -

Leise schlich ich durch die kühlen Gänge des Klosters. Beinahe jede Nacht verschwand ich durch einen versteckten Ausgang, welcher nur für Dienstboten gedacht war. An jedem ersten Tag eines neuen Monats, brachten die Boten Nahrungsmittel und Schriftrollen für die lehrenden Hexen ins Kloster.

Den Schülern im Kloster war es strikt verboten hinauszugehen. Hauptsächlich, weil die meisten Junghexen ihre Magie noch nicht kontrollieren konnten und oftmals Häuser zu Schutt und Asche niedergebrannt hatten. Da ich jedoch kaum Magie besaß, sah ich es nicht als gefährlich an, wenn ich durch die Straßen des Dorfes lief. Dies machte ich nun schon seit fast drei Jahren, damit ich meinen Verstand nicht verlor und nicht in meinen Niederlagen versank. Denn während die anderen in meinem Alter schon riesige Flammen oder gigantische Wellen an Wasser erzeugten, schaffte ich es gerade so, eine Kerze zu entzünden oder einen Tropfen Wasser heraufzubeschwören. Doch um diese zwei Dinge zu erzeugen, brauchte ich mehrere Sekunden und meist litt ich danach unter starken Kopfschmerzen.

»Ich bin in zwei Stunden wieder hier und lasse dich rein«, flüsterte meine beste Freundin. Um das Kloster dennoch vor Dämonen und anderen Kreaturen schützen zu können, war die kleine Tür in der Wand nur von innen zu öffnen, weshalb Nadia mich immer hineinlassen musste. Sie allein wusste von meinen nächtlichen Wanderungen durch das Dorf und half mir jedes Mal zurück ins Kloster.

Schnell schlüpfte ich durch die Tür, zog mir meine Kapuze übers Gesicht und drehte mich dann erneut zu meiner Freundin um.

»Bring mir was Schönes mit.«

»Natürlich«, gab ich schmunzelnd zurück und tauchte dann in der Dunkelheit unter. Das Kloster befand sich inmitten eines Waldes, um die Bewohner des Dorfes, wie auch uns Junghexen zu schützen. Vor sehr langer Zeit hatte man die Junghexen im Dorf lehren wollen. Doch jedes Mal, wenn sie die Kontrolle über ihre Magie verloren hatten, wurden viele Hexen schwer verletzt oder starben sogar. Die Magie der Junghexen war eigentlich um einiges schwächer als die der älteren Hexen. Jedoch konnte sie so schnell aus dem Körper dieser jungen Menschen herausbrechen, dass sogar die gebildetsten Hexen ihre Probleme mit der wilden und frischen Zauberkraft hatten.

Nachdem es immer wieder zu solchen Vorfällen gekommen war, entschied eine ältere Hexe ein Kloster tief im Wald zu erbauen, wo die Junghexen keinem mehr schaden konnten, bis sie ihre Hexenkunst unter Kontrolle hatten. Da es sich bei der Hexerei um ein Engelsgeschenk handelte, hielt die alte Hexe es angebracht, ein Kloster zu erbauen.

Nur die erfahrensten und stärksten Hexen, welche wir hier auch als Schwestern und Brüder bezeichneten, durften uns unterrichten. Derzeit befanden sich siebzehn lehrende Hexen und etwa zweihundert Junghexen in dem Kloster. Einige davon besaßen eine recht große Menge an Magie, ausgenommen von mir natürlich.

Vor über zehn Jahren hatten meine Eltern mich in das Kloster geschickt, in der Hoffnung meine Magie würde dadurch stärker werden und sich befreien.

Monatelang wurde ich deshalb von einer Schwester allein trainiert. Doch egal was wir auch versuchten, meine Zauberkraft verstärkte sich nicht. Die meisten Lehrer hatten die Hoffnung bereits aufgegeben. Ich ebenfalls.

»Ganz allein hier draußen, junges Mädchen?«, fragte eine tiefe Stimme.

Erschrocken drehte ich mich herum und sah, wie ein Mann aus der Dunkelheit auf mich zukam. Ich befand mich mitten im Wald und etwa fünf Minuten vom Kloster entfernt.

Noch nie ist mir hier jemand über den Weg gelaufen. Automatisch zog ich meine Kapuze noch etwas tiefer. *Er durfte mein Gesicht nicht sehen!*

»Zu solch später Stunde sollte ein so junges Ding nicht mehr allein umherwandern, vor allem nicht in einem Wald«, sprach der Mann weiter und kam noch ein paar Schritte näher.

»Wer sagt, dass ich allein bin?«, gab ich mutig von mir.

Der Fremde machte einen weiteren Schritt nach vorn und trat somit aus den Schatten hervor. Das Mondlicht schien ihm ins Gesicht und mir stockte der Atem. Noch nie hatte ich solch einen wunderschönen, jungen Mann gesehen! Sein Haar war rabenschwarz, leicht gewellt und reichte ihm bis zum Kinn. Seine Augen schimmerten in einem unnatürlich hellen Smaragdgrün und trotz der schwachen Beleuchtung konnte ich die von der Sonne gebräunte Haut erkennen. Die Gesichtszüge des Fremden sahen streng und maskulin aus und wurden durch den leichten Bartschatten und die messerscharfe Kieferpartie noch einmal unterstrichen. Er trug ein schwarzes Hemd, welches er in eine ebenfalls schwarze Hose gestopft hatte, dazu schwarze Schuhe und eine silberne Halskette, wobei der Anhänger unter seinem Hemd versteckt war. Seine Kleidung schmiegte sich perfekt an seinen athletischen und zugleich gut trainierten Körper. Und als wäre sein muskulöser Körper nicht schon angsteinflößend genug, war er noch mindestens einen Kopf größer als ich.

Erst jetzt bemerkte ich das immer breiter werdende Grinsen auf seinem Gesicht. *O Mist! Ich hatte ihn viel zu lange und viel zu offensichtlich angestarrt! Konnte er mein Gesicht etwa sehen? Oder lag es an meinem viel zu langen Schweigen? Egal was es war, ich musste hier weg, ich musste ihn so schnell wie möglich loswerden!*

Beschämt sah ich auf meine Schuhe und wusste nicht, was ich sagen oder tun sollte. Somit wurde die Stille um uns nur noch unangenehmer. *Na, toll!*

»Bist du auf dem Weg ins Dorf?«, fragte er mich. »Ich könnte dir Gesellschaft leisten. Dann musst du nicht allein durch die Dunkelheit gehen.«

Unsicher was ich von seinem Angebot halten sollte, verzog ich meine Augen zu zwei Schlitzen, wobei ich wusste, dass er es nicht sehen konnte. Am liebsten hätte ich ihm gesagt, dass ich hier beinahe jede Nacht allein umher ging.

»Ich brauche deinen Schutz nicht«, sagte ich ihm. Denn genau so war es. Ich kannte mich recht gut in diesem Wald aus und wusste mich auch ohne Magie zu wehren.

»Zu dieser Zeit sind viele Dämonen unterwegs, fürchtest du denn nicht, dass du einem begegnen könntest?«

»Ich weiß mich zu wehren«, sagte ich fauchend und sprach somit meine Gedanken aus. Seine spöttische Art ging mir so langsam auf die Nerven. Und wenn er mich noch länger aufhielt, würde ich es heute nicht mehr ins Dorf schaffen.

»Lass mich dich begleiten, ich muss ebenfalls ins Dorf und so müssen weder du noch ich allein durch diese düstere Landschaft gehen.«

Ein leises Schnauben konnte ich nicht unterdrücken und sofort sah ich es ihm an, es unterhielt ihn mich so zu nerven. *Was für ein anstrengender Mistkerl!*

»Von mir aus«, gab ich schließlich nach. *Manchmal könnte ich mein Leben wirklich verfluchen! Wieso musste ausgerechnet jetzt und dann auch noch zu so später Stunde jemand Fremdes durch den Wald spazieren.* Die Ironie ist mir dabei sehr wohl bewusst, schließlich tat ich das gleiche.

Ich deutete mit meiner Hand an, dass er voran gehen sollte. Ohne zu widersprechen, ging er an mir vorbei, doch bereits nach ein paar Metern wartete er darauf, bis ich zu ihm aufgeholt hatte und wir nebeneinanderher gingen.

KAPITEL 2

- EVELYN -

Ein kühler Wind rauschte durch die düster wirkenden Bäume. Untertags leuchteten die Blätter in einem satten, strahlenden Grün, doch nun, mitten in der Nacht, sahen sie beinahe schwarz aus. Die Bäume standen dicht beieinander und ließen kaum das Licht des Mondes zu uns hindurchdringen.

Ich war erleichtert, als sich der Wald nach und nach immer mehr lichtete, bis wir schließlich am Rand des Dorfes ankamen. Nachdem wir die ersten Schritte hineingewagt hatten, konnte ich zum ersten Mal wieder etwas entspannter durchatmen.

Die letzten Minuten in diesem Wald waren wirklich der reinste Horror. Der Fremde fragte hin und wieder nach meinem Wohlbefinden und wollte wissen, was ich so spät am Abend noch vorhatte. Währenddessen versuchte ich einfach so schnell wie möglich von ihm wegzukommen.

Ich wollte mich schon von dem Fremden verabschieden, aber dieser schien andere Pläne zu haben. Als ich nämlich zu ihm sah, musste ich feststellen, dass sein Blick bereits auf mir lag. Noch immer trug ich die Kapuze tief in mein Gesicht gezogen. Hoffentlich hatte er während unseres *Spaziergangs* keinen Blick auf mein platinblondes Haar erhaschen können. Mein Gesicht würde er in der Dunkelheit vermutlich gar nicht richtig erkennen. Doch mein beinahe weißes Haar war auch in der Finsternis gut erkennbar und ein Merkmal, welches er nicht so leicht übersehen würde.

Ein atemberaubendes schiefes Grinsen erschien auf seinen Lippen, als er mich fragte: »Dürfte ich dich noch auf ein Getränk einladen? Ich habe gehört hier soll es eine nette, kleine Bar geben, dort haben sie angeblich das beste Bier und den besten Wein.«

Erneut musterte ich ihn skeptisch. *Wieso beharrte dieser Typ so sehr darauf, weiter bei mir zu bleiben?*

Oder bildete ich mir das alles nur ein und es war so üblich unter den Leuten hier im Dorf?

Als meine Eltern mich ins Kloster schickten, war ich gerade einmal acht Jahre alt. In dieser kurzen Zeit konnte ich kaum etwas über die Bewohner und die Sitten der Hexen im Dorf erfahren. Viele Hexen, welche den Großteil ihres Lebens im Kloster verbrachten, taten sich danach ziemlich schwer ein Leben außerhalb der Mauern zu beginnen. Nicht alle Junghexen kamen dort hinein, doch ich wusste auch nicht genau, woran man entschied, wer ins Kloster musste und wer nicht. Ebenfalls hatte ich keine Ahnung, was mit den Hexen geschah, die erst gar nicht ins Kloster kamen.

Meine beste Freundin war mächtiger als andere in ihrem Alter, weshalb man sie vermutlich dorthin gebracht hatte.

»Ich denke, ich sollte lieber weitergehen. Ich habe noch etwas zu erledigen.«, log ich, in der Erwartung mich herausreden zu können.

Ich fluchte innerlich, als der Fremde erneut zu sprechen begann und mir eine Antwort gab, welche ich nicht erhofft hatte. »So spät hast du noch etwas zu erledigen?«

Gut, dann ging diese Diskussion eben noch weiter.

»Das habe ich.«, beharrte ich zornig.

»Kann es sein, dass du mich anlügst?«

Ich schnaubte. *Bei Jorun, wieso konnte dieser verdammte Mistkerl nicht einfach nachgeben und mich in Ruhe lassen?*

»Ich lüge nicht. Ich… sollte Besorgungen für meine Eltern machen.« Meine kreativen Lügen neigten sich langsam dem Ende zu. *Lass mich einfach gehen!*

»Im Wald? In der Nacht?«, fragte er weiter und ließ nicht locker. War er etwa so erpicht darauf, mich beim Lügen zu erwischen?

»Ich war auf der Suche nach ein paar Kräutern. Ich habe die Zeit vergessen und als ich bemerkte, wie es dunkel wurde, beschloss ich zu gehen. Schließlich sagtest du gerade selbst, dass so spät Dämonen unterwegs sind.«

»Du hast keine Kräuter bei dir.«

VERFLUCHT SEIST DU ARSCHLOCH!

»Ich habe sie nicht gefunden. Aber ich sollte nun weiter gehen, meine Eltern werden sich sicher schon fragen, wo ich bleibe.«

»Lebst du in diesem Dorf?«, fragte er dann. Mir wich sämtliche Farbe aus dem Gesicht. In diesem Moment war ich wirklich froh, dass er dieses nicht sehen konnte.

Was sollte ich nun sagen? Ja? Nein?

»Ja«, krächzte ich. Er nickte.

»Dein Dorf wird doch sicher durch eine verzauberte Barriere, die Dämonen fernhält, geschützt sein, oder nicht? Du kannst also unbesorgt etwas mit mir trinken gehen. Deine Eltern werden es sicher verstehen, wenn du es ihnen später erklärst.«

Ich hatte keine Ahnung, da dies hier nicht *mein* Dorf war. Zusätzlich wusste ich nicht einmal, ob es solch eine Barriere wirklich gab. Hoffen wir einfach, dass es so war!

»Natürlich!«, gab ich viel zu schrill von mir. Damit er mich jedoch nicht direkt durchschaute, falls er es nicht bereits hatte, räusperte ich mich und fügte anschließend hinzu: »Also gut, aber nur ein Getränk, danach muss ich wirklich gehen!«

Das bisher schiefe Grinsen breitete sich nun auf seinem ganzen Gesicht aus und zum ersten Mal konnte ich einen Blick auf seine makellosen, weißen Zähne erhaschen. *Verdammt, der Kerl war wirklich die Perfektion in Person!*

Zusammen machten wir uns auf den Weg Richtung Bar. Obwohl meine Kapuze noch immer perfekt saß, zog ich sie mir erneut weiter ins Gesicht. Es durfte mich keiner sehen, nicht, dass mich irgendwann noch jemand erkannte. Vor einem kleinen Häuschen angekommen, öffnete er mir die edle Holztür und deutete mit einer Handbewegung an, vor ihm in das Lokal zu gehen. Zögerlich trat ich an ihm vorbei und sah mich im Inneren um.

In dem Häuschen befanden sich fünf Tische mit Platz für etwa dreißig Leute. Am Ende der Bar, auf der linken Seite, befand sich eine Theke. Das warme Kerzenlicht des Deckenleuchters ließ einen hier direkt wohlfühlen.

Außerdem sah es ziemlich sauber und gepflegt aus, dennoch war dies wirklich eine kleine Bar. Abgesehen von dem Wirt waren drei weitere Leute zu erkennen.

Mein fremder Begleiter deutete auf einen leeren Tisch in einer Nische, abgelegen von all den anderen.

Er setzte sich und ich nahm auf der ihm gegenüberliegenden Bank Platz. Bevor der Wirt auf uns zu kam, fragte mich mein Begleiter, was ich gerne trinken möchte. Nachdem ich es ihm mitgeteilt hatte, rief er besagten Wirt zu uns und bestellte zwei Krüge mit Bier. Der Wirt nickte knapp und verschwand anschließend wieder hinter der Theke.

»Warst du schon einmal hier?«, fragte der Fremde plötzlich.

»Nein, noch nie.«

Er runzelte die Stirn und sofort erkannte ich meinen Fehler. »Ich trinke eigentlich keinen Alkohol«, versuchte ich mich aus der Situation zu retten. Er schien mir zu glauben, da er verständlich nickte.

»Willst du deine Kapuze denn gar nicht abnehmen?«

»Nein.«

»Weshalb nicht?«, fragte er, legte seine Unterarme dabei auf dem Tisch ab und beugte sich weiter zu mir nach vorn.

»Mein Gesicht hat dich nicht zu interessieren.«

Er kicherte leise und sah mit vor Entzückung glänzenden Augen zu mir auf. »Hast du Angst, mir könnte dein Gesicht nicht gefallen?«

Ich schnaubte. *Was bildete sich dieser Mistkerl eigentlich ein?*

»Keineswegs«

»Weshalb bist du dann so scheu?«

Langsam riss mir wirklich der Geduldsfaden. Doch gerade, als ich mich so richtig in Rage reden wollte, tauchte der Wirt wieder auf und stellte die Getränke vor uns ab. Um mich nicht weiter mit ihm unterhalten zu müssen, nahm ich den Krug sofort in die Hand und fing an zu trinken. Es war vermutlich nicht sehr klug von mir, die Hälfte des Bieres auf einmal zu leeren, doch ich brauchte den Alkohol im Moment einfach viel zu sehr.

»Weshalb hast du mich hierher eingeladen?«, fragte ich ihn nach dem ich mein Bier wieder abgestellte hatte. Ich wollte das vorherige Thema einfach beenden und zusätzlich strebte ich wirklich an, mehr über seine Pläne mit mir herausfinden. *Wieso hatte er so erpicht darauf bestanden, dass ich mit ihm ging? Denn irgendwie bekam ich immer den Eindruck, dass sein Verhalten nicht wirklich üblich unter den Hexen in den Dörfern war.*

Ein ungutes Gefühl breitete sich in meiner Magengegend aus. *Vielleicht war es doch nicht meine beste Idee, einfach mit ihm zu gehen.*

»Man sieht nicht oft eine junge Frau allein durch den Wald laufen, noch dazu zu solch später Stunde. Sagen wir einfach, du hast meine Neugier geweckt.« Seine Worte klangen so ehrlich, dass ich sie nicht anzweifelte. Dennoch sollte ich wachsam bleiben, man wusste schließlich nie, hinter welchen Ecken Gefahren lauerten.

Kapitel 3

- Evelyn -

Etwa fünf Minuten vor der vereinbarten Zeit stand ich vor der versteckten Tür ins Kloster. Immer wieder sah ich mich um, hatte Angst der Fremde, dessen Namen ich nicht kannte, wäre mir doch gefolgt, jedoch konnte ich im Wald niemanden sehen. Dadurch, dass es mitten in der Nacht war und somit stockdunkel, würde ich sowieso nichts darin erkennen.

Ich hatte mich von meinem fremden Begleiter »verabschiedet«, sobald ich das Bier geleert hatte. Schnell hatte ich noch etwas für meine beste Freundin gekauft und bin dann mehr oder weniger vor ihm davongelaufen. Da er bereits die ganze Zeit ziemlich hartnäckig war, wollte ich ihm nicht die Chance geben, mich zu fragen, wo ich wohnte, oder ob wir uns wiedersehen würden. Aus Angst bin ich also ohne ein Wort gegangen.

Das leise Klicken des Schlosses war zu hören, als sich die versteckte Tür öffnete. »Schnell, die Schwestern sind schon in der Nähe«, flüsterte Nadia und trat zur Seite, um mich reinzulassen. Auf leisen Sohlen rannten wir zu unseren Zimmern. Schnell hing ich meinen Mantel auf und zog meine Stiefel aus. Anschließend legte ich mich unter die Bettdecke und zog sie mir bis zum Kinn hinauf. Kaum, dass ich mich unter der Decke versteckt hatte, ertönte das mir nur allzu bekannte Klopfen.

»Herein«, nuschelte ich mit gespielt verschlafener Stimme. Die Tür wurde geöffnet und eine der Schwestern trat in mein Zimmer.

»Alles in Ordnung, Evelyn?«, fragte sie mit einfühlsamer Stimme.

Ich nickte nur.

»Alles klar, dann schlaf gut und bis morgen.«

»Gute Nacht.« Wenige Sekunden blieb sie noch in meinem Zimmer und musterte mich, bevor sie wieder aus dem Zimmer ging.

Die Schwestern kamen jeden Abend um Punkt Mitternacht zu uns. Niemand wusste genau weshalb, doch ich vermute, es hat irgendetwas mit den Dämonen zu tun. In den Büchern stand, jeder Dämon wäre um Mitternacht dazu gezwungen, sein *wahres Ich* zu zeigen. Die glühenden Augen würden sichtbar werden, die Reißzähne herausschießen, die langen Klauen würden sich zeigen, genauso wie die Flügel und Hörner, wenn sie denn welche besaßen. Ich hatte noch nie einen Dämon gesehen oder jemanden davon erzählen gehört, abgesehen von Nadia, welche so etwas mal erwähnte. Doch ich schätzte, die, die einen gesehen haben, sind nun entweder tot oder ebenfalls solche Monster. Ich glaubte nicht, dass die Bücher logen, schließlich waren sie unsere einzige Hoffnung auf ein wenig Schutz. Beinahe alles, was wir lernten, lernten wir aus ihnen. Jedes Detail über Dämonen oder andere Monster erfuhren wir durch die Bücher. Sollten wir diese nun hinterfragen, was würde uns dann noch an Sicherheit bleiben?

»Bist du noch wach?«, ertönte Nadias leise Stimme, als sie in mein Zimmer trat. Mit einem breiten Grinsen setzte ich mich auf. »Na klar!« Ich griff nach meiner Nachttischlampe, um mit meiner Magie eine kleine Flamme auf der Kerze zu entzünden. Nach dem zweiten Versuch und etwa zwanzig Sekunden später, hatte ich es endlich geschafft. Es dauerte nicht mehr so lange wie früher, aber dennoch tat ich mir damit etwas schwer.

»Hast du mir was mitgebracht?«, fragte sie freudig und setzte sich zu mir auf das Bett. »Natürlich«, wiederholte ich meine Worte von vorhin. Ich streckte ihr den kleinen Beutel entgegen, welchen sie mit vor Freude strahlenden Augen annahm und aufriss.

Da Nadia im Gegensatz zu mir Magie besaß, wagte sie es nicht hinauszugehen, aus Angst sie könnte jemanden aus Versehen verletzen. Zumal Nadia schon etwas älter war, als sie ins Kloster kam und somit schon einen Teil der Welt dort draußen kannte. Nachdem ich ihr damals von der Idee mich hinauszuschleichen erzählt hatte, war sie im ersten Moment ziemlich unschlüssig. Am Ende jedoch sagte sie zu mir, sie wohle mich nicht daran hindern, allein schon, da ich kaum Magie besaß und sie selbst in Sorge war, ich könnte in dem Kloster nach und nach meinen Verstand verlieren. Als kleinen Kompromiss verlangte sie dafür von mir bei meinen nächtlichen Wanderungen ihr immer etwas mitzubringen. Der freudige Glanz in ihren moosgrünen Augen war mir das auf jeden Fall wert.

So hatte sie immer etwas, worauf sie sich freuen konnte und ich hatte knapp zwei Stunden für mich allein, in denen ich neue Energie sammeln konnte.

»WEIN?!«, kreischte sie. Schnell presste ich ihr meine Hand auf den Mund.

»Es ist schön zu hören, dass du dich freust, aber die Schwestern sollten das nicht unbedingt mitbekommen.«

Röte schoss ihr in die Wangen. »Entschuldige. Woher hast du ihn?«

»Aus einer kleinen Bar, sie sollen dort den besten Wein im ganzen Dorf haben. Nur, trink nicht so viel, nicht dass es jemand mitbekommt.«

Nadia verdrehte ihre Augen. »Ich bin nicht dumm, Eve. Ich weiß, was mir blüht, sollte man mich mit Alkohol erwischen.«

»Das hoffe ich doch. Sonst werde ich dir vermutlich nie wieder etwas mitbringen.« Während Nadia die

Flasche öffnete, stand ich von meinem Bett auf und ging zu meinem Kleiderschrank. Schnell holte ich mein Nachtkleid hervor und zog es mir an, da fiel mir wieder etwas ein, was der gutaussehende Mann zu mir gesagt hatte.

»Nadia? Hast du schon mal etwas von einer Schutzbarriere gehört, welche Dämonen von einem Dorf fernhalten kann?« Da sie nicht antwortete, drehte ich mich zu ihr herum und blickte in ihren verwirrten Gesichtsausdruck. Als sie merkte, dass ich die Frage ernst meinte, schüttelte sie langsam ihren Kopf und antwortete: »Nein, habe ich nicht. Ich meine würde so einen Zauber existieren, würde es vermutlich nicht so viele Angriffe geben. Aber ich habe allgemein noch nie von einer Schutzbarriere oder einem Schutzzauber gegen Dämonen gehört, auch keinen, welcher eine einzige Person schützen könnte.«

Schwer schluckte ich. Der Mann … er wusste, dass ich keine Ahnung hatte. Vermutlich wusste er sogar, dass ich nicht in diesem Dorf wohnte!

»Nadia«, begann ich, musste jedoch erneut schwer schlucken, bevor ich die Worte aussprechen konnte.

»Ich glaube ich bin heute einem begegnet.« Zuerst sah sie wieder vollkommen verwirrt aus, bis sie auch hier nach wenigen Sekunden den Sinn meiner Worte verstand.

»Du bist einem Dämon begegnet?«, fragte sie entsetzt und riss die Augen auf. Langsam setzte ich mich wieder zu ihr auf das Bett. »Ich bin mir nicht sicher, doch ich schätze schon. Entweder er war ein Dämon oder ein Hexer, der wusste, dass ich aus dem Kloster komme.«

»Es war ein Mann? Hat er dich aus dem Kloster gehen sehen?«, ihre Stimme wurde dabei immer schriller.

»Es war ein Mann, aber ob er mich aus dem Kloster hat gehen sehen, weiß ich nicht sicher. Er ist mir erst ein paar Meter weiter über den Weg gelaufen.«

»Eve! Wenn er dich gesehen hat, weiß er womöglich, wo der Boteneingang ist, er könnte dann einfach hier hereinkommen und uns alle umbringen, foltern, oder was weiß ich was diese Monster sonst noch so tun!«

»Ich weiß, aber der Boden hier ist gesegnet und Dämonen können diesen nicht betreten. Ganz so einfach wird es für ihn also nicht. Außerdem hatte ich doch keine Ahnung, wer er war, er war so–«

»Nett? Verführerisch? Heiß?«

»Normal. Ich meine, es ist nicht sicher gesagt, ob er wirklich ein Dämon ist.«

»Aber es ist realistischer als ein Hexer.«

Ich seufzte. Wirklich unrecht hatte sie damit ja nicht.

»O bei der Urhexe Jorun, bitte sag mir du hast ihn nicht geküsst! Du weißt, dass der Kuss eines Dämons tödlich enden kann!«

Ich verzog das Gesicht. »So dumm bin ich nun auch wieder nicht, Nadia! Noch dazu würde ich niemals einen fremden Mann küssen«, blaffte ich sie an.

Vollkommen durch den Wund fuhr Nadia sich mit der Hand übers Gesicht. »Du hast recht. Ich mache mir einfach nur Sorgen. In dieser Situation hätte so viel passieren können. Ich meine, es ist einfach erschreckend zu wissen, dass sich ein Dämon direkt vor dem Kloster befinden könnte!«

Sofort tat mir meine gereizte Reaktion ihr gegenüber leid, ich hätte an ihrer Stelle vermutlich genauso reagiert. Ich beugte mich also zu meiner besten

Freundin nach vorn und nahm sie fest in den Arm. Nachdem wir uns beide etwas von dem Schock beruhigt hatten, lösten wir uns voneinander und Nadia setzte sofort mit der Fragerei fort. »Hast du dich mit ihm unterhalten?«

Peinlich berührt biss ich mir auf meine Unterlippe und nickte langsam.

»Oh, Eve … hat er etwas von dir gewollt? Dich etwas gefragt oder hast du ihm, was noch schlimmer wäre, hast du ihm etwas versprochen?«

»Nein.«

»Was, nein?«

»Er wollte nichts, er fragte nichts und ich versprach ihm nichts.«

Sie runzelte ihre Stirn. So oft hatte ich sie noch nie verwirrt und ratlos erlebt. *Ob das etwas Gutes war? Ich bezweifelte es.* »Okay. Du musst mir alles erzählen, und zwar von Anfang an.«

Nach und nach erzählte ich Nadia alles, von unserer Begegnung bis hin zu meinem stürmischen Abschied.

»Ich versteh es nicht«, murmelte sie gedankenverloren.

»Was? Nadia, du warst länger unter den Hexen als ich, was also verstehst du nicht?«

Nadia war nicht nur älter als ich, sie hatte auch jahrelang unter Hexen in einem Dorf gelebt. Wir waren gleichzeitig im Kloster angekommen, doch während ich gerade einmal acht Jahre alt war, war Nadia bereits vierzehn. Sie hatte viel mehr von der Außenwelt mitbekommen als ich und war auch schon bei einer von Dämonen hinterlassenen Leiche dabei. Ihre Eltern hatten ihr danach einiges erzählt. Vieles davon konnte man auch in den Büchern nachlesen, jedoch nicht alles.

Was genau es war, wusste ich nicht, doch Nadia hatte einmal zu mir gesagt: »*Nicht alles, was ich über diese Monster weiß, findest du in Büchern. Sie haben nicht alles aufgeschrieben, die Kleinigkeiten kannst du nur selbst herausfinden oder durch andere erfahren.*«

Des Öfteren hatte ich daran gedacht und heute hoffte ich endlich eine Antwort auf diese Worte erfahren zu dürfen.

»Er informierte sich nicht nach deinem Namen?«, fragte Nadia, obwohl ich es ihr bereits gesagt hatte.

»Nein.«

»Er fragte nicht erneut, ob er dein Gesicht sehen durfte?«

»Nein.«

»Er hat nichts Persönliches über dich in Erfahrung bringen wollen?«

Und erneut: »Nein.«

»Wieso wollte er dich kein weiteres Mal sehen? Hat er um ein weiteres Treffen gebeten?«

Ich seufzte. »Das habe ich dir doch schon gesagt. Ich bin den Wein holen gegangen und dann ohne ein weiteres Wort an ihm vorbei und zurück zum Kloster gelaufen.«

»Ist er dir gefolgt?«

Ich zuckte mit den Schultern. Ich sah es an ihren größer werdenden Augen, nun war sie wieder hellwach.

»DU WEIßT ES NICHT?!«, schrie sie aufgebracht. Ruckartig klatschte sie sich ihre eigene Hand auf den Mund. Gleichzeitig sahen wir zu meiner geschlossenen

Zimmertür und lauschten, ob wir irgendwelche Geräusche durch die Stille hören konnten.

Doch es war wohl keiner in der Nähe, der uns gehört hatte. *Glück gehabt!*

»Ich bin mir unsicher. Es war dunkel und ich habe mich nur ein paar Mal am Waldrand umgesehen und dann erst wieder, als ich am Eingang des Klosters war.«

Langsam fuhr Nadia sich mit beiden Händen übers Gesicht und durch ihre langen, hellbraunen Haare.

»Manchmal da würde ich dich am liebsten erwürgen!«, brummte sie und funkelte mich wütend an. Anschließend stand sie vom Bett auf und streckte sich.

»Ich geh jetzt besser ins Bett. Ich muss eine Nacht darüber schlafen, wir reden morgen nochmal darüber.«

»Alles klar, Mom«, rief ich ihr hinterher, da sie bereits vor meiner Zimmertür stand.

Mit einem leichten Lächeln auf den Lippen drehte sie sich zu mir um und streckte mir die Zunge raus. Dann war sie auch schon aus meinem Zimmer verschwunden.

Zumindest war sie nicht wirklich sauer auf mich, sondern einfach nur – genauso wie ich – durcheinander.

Mit einem lauten Seufzer ließ ich mich in mein Bett zurückfallen und dachte über den unbekannten Mann nach. Obwohl ich mir mittlerweile ziemlich sicher war, dass der Fremde ein Dämon war, fand ich diesen Kerl trotz allem einfach nicht unattraktiv. *Bei Jorun, das war krank Evelyn! Eine Hexe sollte keinen Dämon attraktiv finden, auch wenn er so gut aussieht!* Genervt wälzte ich mich in meinem Bett hin und her. Selbst in meinen Gedanken war der Kerl hartnäckig und ließ mich nicht in Ruhe.

KAPITEL 4

- EVELYN -

Wie jeden Morgen wurden wir von einer der Schwestern geweckt. Es war kurz vor sieben Uhr und somit Zeit fürs Frühstück.

Müde rieb ich mir übers Gesicht und sah mich in meinem kleinen Zimmer um. Der Raum war gerade einmal so groß, dass mein Bett, ein Nachtkästchen, ein Kleiderschrank und ein Schreibtisch Platz hatten. Wir befanden uns auf der linken Seite des Klosters im Erdgeschoss. Damit keine dämonischen Wesen zu uns gelangen konnten, waren im gesamten ebenerdigen Bereich Fenster verboten.

Auf der rechten Seite des Klosters befanden sich die Zimmer der männlichen Junghexen und der Brüder.

Ein Zauber, gesprochen von den Brüdern und Schwestern, hielten uns voneinander fern. Es handelte sich dabei um eine Barriere, welche es uns nicht gestattete, diese zu überqueren, ausgenommen, der Schwestern und Brüder.

Als das Kloster erbaut wurde, waren die Männer und die Frauen noch zusammen untergebracht. Anscheinend kam es jedoch ab und an zu sexuellen Missgeschicken und manch eine Junghexe wurde schwanger.

Es gab zwei Esszimmer eines für uns und eines für die Männer. Unterrichtet wurde in unterschiedlichen Stockwerken. Die Frauen befanden sich im ersten Stockwerk und die Männer im zweiten.

Mit halb geöffneten Augen sah ich zu dem eben entzündeten Deckenleuchter auf. Ich war froh, dass die Schwestern diese Aufgabe für uns erledigten, damit wir durch das Licht schneller aufstanden. Zumal ich kaum eine Kerze selbst entzünden konnte.

Ich schleppte mich zu meinem Schreibtischstuhl, über den ich meine Kleidung gehängt hatte. Der Schreibtisch hatte schon seine besten Jahre hinter sich gebracht. Das Holz splitterte bereits an manchen Stellen und knackte bei jeglicher Belastung. *Ob die Möbel wohl noch vom Erbau des Klosters stammten?* Der Kleiderschrank war nicht gerade groß und man sah auch die Spuren der jahrelangen Nutzung im Holz. Die feinen Schnitzereien darin, waren bereits verblichen und teils kaum noch zu erkennen.

Schnell zog ich mir mein graues, schlichtes Kleid über, band meine Stiefel, schnappte mir meine kleine Kosmetiktasche und eilte dann auch schon aus meinem Zimmer. Am Ende des Flurs befand sich das Badezimmer.

Das Badezimmer musste geteilt werden, damit es jedoch nicht zu voll wurde, gab es zwei. Eines bei uns im Gang und eines am anderen Ende. So wie ich mitgekommen habe, hatten die Männer ebenfalls zwei. Gerade als ich das Badezimmer betreten wollte, kam mir auch schon Nadia entgegen.

»Guten Morgen, Eve.«

Ich drückte ihr einen Kuss auf die Wange und grüßte sie zurück. Zusammen stellten wir uns an ein Waschbecken, wobei es darüber keine Spiegel gab.

Laut Schwester Trya können uns die Dämonen durch die Spiegel beobachten, wobei ich das eher für einen

Mythos hielt. Im gesamten Kloster hatte ich noch nie einen Spiegel gesehen. Also glaubten die Schwestern und Brüder auf jeden Fall daran.

Nachdem ich mir meine Zähne geputzt und mich mit einem kleinen Stück Seife unter die Dusche gestellt hatte, begab ich mich zusammen mit Nadia zum Frühstück in die Mensa.

»Wie sehr ich diese Unterrichtsstunden hasse«, murmelte ich und sah dabei zu Nadia. Irritiert wandte sie sich von der Schüssel Wasser vor ihr ab und sah zu mir.

»Was meinst du?«

»Ich bin schon schlecht, was das Heraufbeschwören von Feuer anbelangt, doch Wasser? Das ist einfach noch schlimmer …«

Bevor mir Nadia antworten konnte, trat Schwester Trya ein. Sie trug wie immer ein langes, aber schlichtes, schwarzes Kleid und ein dazu passendes schwarzes Kopftuch. Bis auf Gesicht und Hände war alles unter der Kleidung versteckt. Nur während des Trainings im Hof trugen die Schwestern wie wir eine Trainingshose und ein langärmliges Shirt. Das Haar wurde dabei immer zu einem strengen Dutt gebunden.

Trya war etwa Mitte dreißig, hatte meist eine eiserne Miene aufgesetzt und besaß dunkelbraunes, glattes Haar. Sie war außerdem eine hochrangige Hexe und war direkt unter der Direktorin des Klosters angestellt. Sie war für alle Mädchen des Klosters zuständig und vermutlich deshalb immer so hart uns gegenüber.

Noch dazu hatte ich einmal gehört, sie besäße einen guten Draht zu den höchsten Rängen und würde deshalb eigentlich im Rang höher stehen als unsere Direktorin. Doch ob das wirklich der Wahrheit entsprach, wusste ich nicht.

KAPITEL 5

- EVELYN -

»Das kannst du nicht ernst meinen!«, schnauzte mich Nadia an. Mittlerweile war es kurz nach halb zehn und die Sonne war bereits wieder untergangen.

»Sehe ich so aus, als würde ich Scherze machen?«

Nadia legte mir beide Hände auf die Schultern und fauchte: »Du bist gestern einem Dämon begegnet und du willst dennoch raus? Das ist lebensmüde! Er könnte im Wald auf dich warten und wer weiß, was er dann mit dir tun wird. Ich bitte dich Evelyn, du kannst nicht gehen!«

»Ich werde nicht wegen eines vermeintlichen Dämons in diesem verdammten Kloster bleiben.«

»Bitte Evelyn. Du könntest zumindest heute hierbleiben.«

Ich schüttelte meinen Kopf. »Lass mich in zwei Stunden bitte einfach wieder rein.«

»Klar, falls du zurückkommst«, zischte sie. Beruhigend legte ich meine Hand auf ihre und lächelte sie aufmunternd an. »Mir passiert nichts. Außerdem hat er mir gestern auch nichts getan. Wieso also heute, wenn da die Gefahr größer ist und ich wissen könnte, wer er ist.« Als Nadia leise seufzte, wusste ich, ich hatte diese Diskussion gewonnen.

»Ich schwöre dir, wenn du in zwei Stunden nicht vor der Tür stehst, dann bringe ich dich und diesen Mistkerl von Dämon um!«

Mit einem breiten Grinsen im Gesicht stieg ich wie die Tage zuvor durch den versteckten Eingang hinaus.

»Und bring mir was Teures mit!«, rief sie mir mit gedämpfter Stimme hinterher, bevor sie schließlich die Tür vor sich schloss.

Ich war bereits ein paar Minuten unterwegs. Wie auch gestern streifte ein kühler Wind durch die Bäume und sorgte für ein düsteres Jaulen. Des Öfteren war ein leises Knacken der Äste zu hören. Bei jedem Geräusch hoffte ich, es wäre nur ein Tier.

Da der Herbst immer näher rückte, wurde der Wald Mal für Mal schauriger. Die Umgebung wirkte dunkler und es war kälter. Jedes Mal, wenn ein Baum ein Blatt verlor, bildete ich mir ein, jemanden gesehen zu haben. Noch waren die meisten Blätter grün, nur vereinzelt konnte man ein buntes Blatt erkennen.

»Sieh mal einer an, das kleine Mädchen irrt schon wieder allein durch die Wälder«, ertönte eine raue Stimme hinter mir. Ohne mich umdrehen zu müssen, wusste ich bereits, wer hinter mir stand. *Der vermeintliche Dämon!*

»Wieso bist du denn schon wieder so spät in der Dunkelheit unterwegs?«, fragte er und tauchte plötzlich vor mir auf und das viel zu nah. Erschrocken wich ich einen Schritt zurück. Er trug dieselben Sachen wie letzte Nacht, oder zumindest sah die Kleidung identisch aus. Sein Haar wirkte etwas unordentlich und sein Bartschatten schien ein wenig dunkler zu sein. Doch das unnatürliche Funkeln in seinen smaragdgrünen Augen war genauso intensiv wie gestern.

Obwohl der Mond heute kaum Licht spendete, konnte ich seine Augenfarbe erkennen. Dieses unnatürliche Phänomen hätte mir auch gestern bereits ein Hinweis auf seine Herkunft sein können. *Wieso war mir das nicht aufgefallen?*

»Das gleiche könnte ich dich fragen«, antwortete ich gereizt.

Das schiefe Grinsen, welches mir auch gestern schon weiche Knie verschafft hatte, tauchte wieder auf seinen perfekten Lippen auf. »Nun, ich wohne seit ein paar Wochen in diesem Wald. Du dagegen meintest, du würdest im Dorf leben und auch letzte Nacht warst du so weit wie heute davon entfernt. Hast du mich etwa vermisst und nach mir gesucht? Nach deinem plötzlichen Verschwinden war ich mir da nicht so sicher.«

»Wie ich gestern schon sagte, warteten meine Eltern auf mich und um Mitternacht musste ich spätestens zuhause sein«, log ich.

Er schmunzelte. »Die Hexen sind also noch immer so?«, fragte er plötzlich und diese Frage verwirrte mich vollkommen. Hatte er gerade zugegeben kein Hexer zu sein?

»Wie bitte?«, fragte ich sichtlich irritiert.

»Die Kontrolle«, meinte er schlicht. Er musste die Fragezeichen in meinem Blick sehen, da er seine zwei Worte genauer ausführte. »Um Mitternacht zeigen die Dämonen ihre wahre Gestalt. Schon früher hatten die Hexen sich um Mitternacht versammelt, um die Dämonen entlarven zu können.«

Die Dämonen wussten also über dieses Ritual Bescheid.

»Du bist doch ebenfalls ein Hexer, also solltest du ebenso wissen, dass es noch immer gemacht wird«, sagte ich, um ihn bei einer möglichen Lüge erwischen zu können.

»Ich lebe im Wald und das seit über fünf Jahren. Ich gehe meist nur zum Besorgen von Nahrung oder zum Bier trinken in ein Dorf.«

Er hatte sich gut gerettet, aber ich bezweifelte, dass seine Worte auch nur einen Funken Wahrheit besaßen. Seine Mimik war zu glatt und seine Antwort viel zu schnell.

Beinahe tat er mir sogar etwas leid, ich meine wer will schon allein in einem Wald wohnen?

Halt! Sofort stoppte ich diesen Gedanken. *Er hatte nie etwas von allein sein gesagt.* Es wäre mir beinahe nicht aufgefallen. Wie viele Dämonen befanden sich wirklich in diesem verdammten Wald und waren sie gerade in der Nähe? Oder war er doch allein und ich interpretierte zu viel in diesen ausdruckslosen Satz hinein? Bei Jorun, Nadia hatte vielleicht gar nicht so unrecht. Ich hätte nicht herkommen sollen. Wenn dort mehr als nur ein Dämon war, würde ich einen Kampf definitiv verlieren. Schon ein Dämon allein, war kaum aufzuhalten, dennoch hätte ich gegen ihn eine geringe und sehr winzige Chance zu überleben. Doch bei mehr als einem …

Oje, ich werde heute Nacht sterben!

»Ich kann dich gerne wieder ins Dorf zurückbegleiten«, sagte er freundlich.

»Ich verzichte.«

Schief grinste er mich an.

»Das hast du gestern auch gesagt und dann bist du mit mir etwas trinken gegangen.«

»Das war ein Fehler und wird nie wieder vorkommen!«

»Ein Fehler? Wieso glaube ich dir nicht? Gelangweilt sahst du nämlich nicht aus.«

»Lass mich bitte einfach allein, aber vor allem lass mich in Ruhe«, gab ich fauchend von mir. Ich sah erschrocken zu ihm auf, als er plötzlich zu Lachen begann. *Was habe ich getan, um solch eine Reaktion bei ihm hervorzurufen oder hatte er nun vollkommen den Verstand verloren?* »Wieso lachst du jetzt?«, fragte ich ihn mit gerunzelter Stirn.

Sofort stoppte er damit und sah mich mit einer ausdruckslosen Miene an. »Auf Wiedersehen, Evelyn.«, mit diesen Worten drehte er sich um und verschwand in der Dunkelheit des Waldes. Es lief mir eiskalt den Rücken herunter als mir bewusst wurde, dass er gerade meinen Namen gesagt hatte. *Woher kannte dieser Mistkerl denn auf einmal meinen Namen?* Obwohl ich ihn bereits gar nicht mehr sehen konnte, starrte ich weiterhin mit großen Augen auf die Stelle, an welcher er bis vor wenigen Sekunden noch zu sehen war.

Nachdem ich den ersten Schock verdaut hatte, lief ich mit großen Schritten zum Dorf. Ich musste aus diesem Wald heraus, denn in einem Dorf unter Gleichgesinnten war ich sicherer als hier. Noch dazu war ich schneller dort als am Kloster. Immer wieder sah ich mich um, aus Angst er könnte mir irgendwo auflauern. Wird er nun seine *Dämonenfreunde* – falls er denn welche hatte holen und mich umbringen?

Bei Jorun, es störte mich gerade viel mehr, woher dieser Mistkerl meinen Namen kannte, als die Sorge, er könnte mich jede Sekunde ermorden. Während ich mit immer schneller werden Schritten zum Dorf lief, sah ich mich weiterhin um und dachte angestrengt darüber nach.

Meine Eltern wohnten nicht in diesem Dorf und auch nicht in der Nähe, also konnte ich sie mehr oder weniger ausschließen. Während des Gesprächs hatte ich ihm meinen Namen ebenfalls nicht mitgeteilt.

Hatte er mich manipuliert? War es nicht so, dass Dämonen so etwas konnten? Vielleicht hatte er mich diese Unterhaltung vergessen lassen? War das möglich?

Ich zerbrach mir gerade viel zu sehr den Kopf darüber und wurde deshalb sofort durch Kopfschmerzen bestraft, welche immer stärker wurden. Aber ich konnte meine Gedanken auch nicht einfach stoppen. Ich meine, er musste meinen Namen irgendwo gehört haben, doch weder im Dorf noch sonst jemand außerhalb der Mauern kannte meinen Namen. War er etwa im Kloster? Nein, das war unmöglich, Dämonen konnten keinen gesegneten Boden betreten. Oder etwa doch?

Als ich im Dorf ankam, steuerte ich die kleine Bar von gestern an, vielleicht kannte ihn dort jemand. Er meinte schließlich er kam zum Bier trinken ins Dorf, womöglich war er also schon einmal hier. Sobald ich den Raum betrat, musste ich feststellen, dass nicht eine Seele in diesem Lokal war. Nur der Wirt stand hinter der Bar und reinigte gerade ein paar Gläser.

»Ah, junges Fräulein. Wieder zurück, soll ich Ihnen das gleiche wie gestern bringen?«, fragte der Mann mit einem liebevollen Lächeln. Mein Gesicht war wie gestern unter der Kapuze meines Mantels versteckt, nur meine Lippen waren für ihn zu sehen.

»Kommt ihr attraktiver Begleiter auch wieder?«

»Nein, der ist schon wieder unterwegs.«

»Ein Hexer der reist? So etwas hört man auch nur selten.«

»Was meint ihr damit?«

Der Wirt musterte mich irritiert. »Es ist ganz einfach. Dämonen verstecken sich meist in den Wäldern. Ein Hexer allein, welcher durch die Wälder wandert, ist für sie ein einfaches Ziel. Ihr Geliebter wäre also besser dran, wenn er dies nicht mehr tun würde, oder zumindest nicht allein.«

Ich schmunzelte. »Oh, er ist nicht mein Geliebter und so wie ich mitbekommen habe, ist er auch nicht allein unterwegs.«

Der Wirt nickte mehrmals, bevor er anschließend wieder das freundliche Lächeln im Gesicht hatte. »Also, was darf's sein?«

»Um ehrlich zu sein, wollte ich nur nachfragen, ob meine gestrige Begleitung schon öfter hier war.«

»Tut mir leid, nein. Ich habe ihn gestern zum ersten Mal in meinem Lokal gesehen. Aber ich habe ihn auch sonst noch nie im Dorf gesehen.«

Ich seufzte. »Gut, vielen Dank! Ich wünsche noch eine angenehme Nacht.«

»Die wünsche ich Ihnen auch, junges Fräulein.«

Ich tanzte, seine Seele tanzt, ich wünsche noch
eine angenehme Nacht.
alles wunderbar, ich muß auch immer lachen.

KAPITEL 6

- EVELYN -

Es war bereits weit nach Mitternacht, als ich zusammen mit Nadia in meinem Zimmer saß und ihr von der erneuten Begegnung mit dem Fremden erzählte.

»Er kannte deinen Namen?«, fragte sie entsetzt. Ich nickte.

»Du hast mir gesagt ihr hättet nicht über eure Namen gesprochen!«

»Haben wir auch nicht, das ist ja das Schlimme«, murmelte ich.

»Verdammt Evelyn, du bleibst morgen hier. Noch dazu wirst du mit mir in den Zusatzkurs gehen.«

»Den über Dämonen?«

»Ja, genau den. Ich glaube du hast vergessen, wie schlimm diese Monster sind. Ich denke, der Unterricht schadet dir nicht und hilft dir wieder auf die richtige Spur.«

»Ich brauche keinen Sonderkurs über Dämonen«, beschwerte ich mich.

»Das glaubst du vielleicht, aber ich lasse dir keine andere Wahl. Du gehst mit mir dahin, Ende der Diskussion!«

Etwas genervt von ihrem Verhalten, gab ich ein leises Schnauben von mir.

Nachdem wir uns noch kurz über den Kurs unterhalten hatten, verabschiedete sich Nadia von mir und ging zurück in ihr Zimmer.

Nach etwa zwei Stunden innerer Unruhe war ich endlich kurz davor einzuschlafen. Als mich ein lauter Schrei wieder aus dem tranceähnlichen Zustand riss. Erschrocken fuhr ich hoch und saß nun aufrecht in meinem Bett. Mit aufgerissenen Augen sah ich mich in meinem Zimmer um, lauschte den Geräuschen der Außenwelt, doch alles schien still zu sein. *Hatte ich mir den Schrei nur eingebildet?*

Müde fuhr ich mir mit der Hand übers Gesicht und ließ mich wieder in die Kissen fallen. Vielleicht hatte ich doch schon geschlafen und den Schrei nur geträumt. Nach der Begegnung mit einem Dämon würde mich dies nicht wirklich wundern. Irgendwie musste mein Körper ja die Geschehnisse mit diesem Monster verarbeiten.

Als ich am nächsten Morgen in der Mensa des Klosters ankam, bemerkte ich sofort die Unruhe in diesem Raum. Ich runzelte meine Stirn. Ruhig ging ich auf Nadia zu und setzte mich zu ihr an den Tisch. Auch sie sah ziemlich beunruhigt aus.

»Nadia, ist alles in Ordnung? Ist etwas passiert?«

»Hast du es etwa nicht mitbekommen?«

In ihren Augen stand purer Schock und ihre Haut war so weiß wie Schnee. Langsam schüttelte ich meinen Kopf.

»Eine der Schwestern, welche am Tor Wache halten sollte, wurde tot aufgefunden. Viele sagen man hätte sie in der Nacht schreien gehört.«

Entsetzt sah ich sie an, bevor ich meinen Kopf senkte und auf meine gefalteten Hände starrte. *Es war also doch kein Traum.*

»Bei Jorun …«

»Evelyn.«

Fragend blickte ich zu ihr auf.

»Es war ein Dämonenangriff.«

Meine Augen wurden groß.

»Du denkst doch nicht etwa–«

»Dass es dein unbekannter Stalker war? Doch, ich kann es mir sogar sehr gut vorstellen. Vielleicht sucht er nach einem Weg rein, oder ist sogar bereits im Kloster. Diese Monster können angeblich ihre Gestalt ändern.«

»Dafür gibt es keine Beweise und wenn dann können es nur sehr wenige. Außerdem ist der Boden hier gesegnet, der Dämon kann ihn also nicht betreten.«

»Aber wer sagt dir, er könne seine Gestalt nicht ändern?«

»Das könnte auch einfach nur ein Mythos sein. Schließlich basiert die ganze Aussage bisher nur auf einer schlichten Theorie.«

»Egal, ob gesegneter Boden oder nicht, wir, aber vor allem du solltest im Moment vom Schlimmsten ausgehen.«

Ich zuckte mit den Schultern, versuchte lässig zu wirken, doch mein Körper verkrampfte sich beinahe vor Anspannung.

»Er hätte seine Gestalt ändern können, als er letzte Nacht auf mich zu kam, doch er sah genau gleich aus. Ich habe so ein Gefühl, dass er es nicht kann.«

»Vielleicht solltest du einer der Schwestern von deiner Begegnung mit ihm erzählen.«

»Bist du irre? Falls du es vergessen hast, Nadia. Wir dürfen das Kloster eigentlich nicht verlassen.«

»Du hast Hinweise auf den möglichen Täter, ich bin mir sicher sie werden darüber hinwegsehen, dass du die Regel gebrochen hast.«

»Ich werde gar nichts sagen. Außerdem, woher weißt du, dass es ein Dämonenangriff war?«

Ich sah wie Nadia schwer schluckte und ihre Haut erneut so weiß wie Schnee wurde.

»Ich habe sie gesehen. Es war Schwester Klayra. Ihr Körper war blutleer und ihre Kehle wurde durchtrennt.«

»Man hat ihr die Kehle aufgeschlitzt?«

Nadia nickte.

»Seit wann machen Dämonen so etwas?« Ich zog meine Augenbrauen zusammen und starrte in das ausdruckslose Gesicht meiner besten Freundin. Ich hatte noch nie gehört, dass Dämonen Kehlen durchschneiden. Normalerweise saugen sie ihren Opfern das Blut aus dem Körper, um ihren Hunger zu stillen. Wieso sollten sie ihr also die Kehle aufschneiden? Das ergab keinen Sinn.

»Ruhe bitte!«, rief plötzlich eine der Schwestern. Augenblicklich wurde es still im Raum und alle sahen zu der älteren Hexe, welche im Türrahmen zur Mensa stand. »Bitte teilt euch in eure gewohnten Lerngruppen auf und folgt eurer lehrenden Schwester. Aufgrund des Vorfalls werdet ihr heute alle Dämonenlehre haben.«

Sofort standen alle auf und suchten ihre Klassenkameraden, um anschließend zu besagter Hexe zu gehen. Alle Schwestern und Brüder in diesem Kloster kannten sich recht gut mit Dämonen aus, deshalb fragte ich mich umso mehr, wie so ein Angriff passieren konnte. Bisher dachte ich das Kloster wäre einer der sichersten Orte auf diesem Planeten, doch anscheinend hatte ich mich so wie viele andere geirrt.

Nach und nach machten wir uns auf den Weg und folgten der lehrenden Hexe in einen der vielen Trainingsräume. Mit einer flüchtigen Handbewegung zauberte die Schwester die Lehrbücher über Dämonen vor uns auf den Tisch.

Es waren drei Bücher. Buch eins handelte von den Geschichten über Dämonen und erläuterte die Erfahrung der Überlebenden. Buch zwei handelte von Tipps, welche Dämonen entlarven könnten und Buch drei handelte von Zaubern, welche uns möglicherweise schützen konnten.

Nadia, die neben mir saß, hob ihre Hand und fragte: »Schwester Trya? Wieso steht auf unseren Lehrplänen nur noch Dämonenlehre?« Die Schwester faltete ihre Hände und sah mit einer undurchdringlichen Miene zu Nadia.

»Eine unserer besten Kriegerinnen wurde von einem Dämon ermordet. Wir wissen nicht, ob es ein Zufall oder ein aktiver Angriff war und genauso wenig wissen wir, ob es sich um einen oder sogar um mehrere Dämonen handelte. Wir wollen euch besser vorbereiten und trainieren, falls es sich um einen aktiven Angriff auf uns handelt, und um einen weiteren Mord möglicherweise verhindern zu können.«

»Also lernen wir die Zauber, welche uns vor Dämonen schützen könnten?«, fragte ein anderer Schüler.

Schwester Trya nickte und meinte: »Egal, ob mit viel oder wenig Magie, ihr sollt wissen, wie ihr euch im Notfall verteidigen könnt. Wir werden euch in den nächsten Tagen nur noch in Dämonenlehre unterrichten, wir hoffen natürlich, dass ihr diese Art von Zauber niemals benutzen müsst. Doch vorab solltet ihr wissen, diese Zauber schaden den Dämonen nicht wirklich, sie halten sie nur für einen Moment auf. Also sobald ihr einen Zauber angewendet habt, rennt ihr weg und sucht so schnell wie möglich nach Hilfe.«

»Sucht jemand nach dem Dämon?«, fragte Nadia nun.

»Mehrere meiner Brüder und Schwestern sind gerade in den Wäldern unterwegs und halten nach einem oder mehreren verdächtigen Dämonen Ausschau.«

»Was ist, wenn es sich nicht um einen Dämon handelt? Schließlich gibt es noch andere Kreaturen dort draußen«, warf ich nun in den Raum und sofort richteten sich alle Blicke auf mich.

»Evelyn, bisher wurden nur Dämonen in unseren Wäldern gesichtet, wieso also glaubst du sollte plötzlich eine andere Kreatur hier ihr Unwesen treiben? Noch dazu gibt es keine Hinweise, welche auf andere Kreaturen deuten.«

Ich biss mir auf meine Unterlippe, um der Schwester nicht zu widersprechen. Ich hatte mehrmals mitbekommen, wie die Leute im Dorf über Hexen sprachen, die von Dämonen verwandelt wurden. Anscheinend können Dämonen widerwertige Kreaturen erschaffen, wenn sie das Blut der Hexen nicht ganz aussaugen und ihnen dafür ihr eigenes Dämonenblut einflößen. Ich wusste nicht, wie diese Kreaturen hießen und noch weniger wusste ich über ihr Verhalten oder ihr Aussehen. Dennoch fand ich es nicht gut, wie die Lehrer im Kloster auf den Mord reagierten. Sie beschuldigten sofort die Dämonen, ohne auch nur eine andere Kreatur in Betracht zu ziehen. Das war falsch! Auch wenn diese Monster kein Mitleid oder ähnliches verdient hatten, war es nicht richtig, jemanden ohne jegliche Beweise zu beschuldigen. Es könnte schließlich auch eine Hexe gewesen sein, außerdem tranken viele Kreaturen das Blut der Lebenden. Wieso sollte es also direkt ein Dämon gewesen sein?

Ich bemerkte Nadias Blick auf mir. Sie sah es mir sicherlich an, wie mir das Verhalten der Schwestern missfiel. Sie kannte mich einfach viel zu gut. Doch als ich meinen Blick unmittelbar auf sie richtete, sah sie sofort zu Trya nach vorne. Etwas irritiert von ihrer Reaktion runzelte ich die Stirn. Sie wirkte ebenfalls angespannt und nervös, wie die meisten in diesem Kloster, noch dazu hat sie die Leiche der Schwester gesehen. Ich sollte ihr momentanes Verhalten nicht so ernst nehmen.

Viele hier werden in nächster Zeit nur noch in Angst und Schrecken leben können. Ich wusste nicht, wieso ich keine Angst empfand. Lag es vielleicht daran, dass ich den vermeintlichen Mörder bereits kannte oder, dass ich nicht wirklich daran glaubte, dass es der Fremde war, welcher Klayra ermordet hatte. *Doch das war irrsinnig, er war ein Dämon, wieso sollte er unschuldig sein, wenn es sich wirklich um einen Dämonenangriff handelte?* Erneut fing mein Kopf zu pochen an und bereitete mir Kopfschmerzen. Ich sollte damit aufhören, immer alles hundertmal zu hinterfragen, das war gewiss nicht gut für mich.

Zuerst waren es nur Wiederholungen, nichts, was wir nicht schon über Dämonen wussten. Trya erklärte uns erneut, was wir niemals tun sollten. Dabei deutete sie auf die Buchseite mit der Auflistung:

Wir schließen keine Wetten mit Dämonen ab.

Wir schwören keinen Dämonen etwas.

Wir versprechen keinen Dämonen etwas.

Wir küssen keine Dämonen, vor allem nicht auf die Lippen.

Wir berühren nicht die nackte Haut eines Dämons.

Wir vermeiden direkten Augenkontakt.

Wir beschwören keine Dämonen, oder locken sie aus der Hölle.

Wir schließen keinen Pakt mit ihnen.

Berühre und trinke niemals das Blut eines Dämons oder überlasse ihm das deine.

Vieles davon ergab Sinn, doch anderes verstand ich einfach nicht. Sollte mich ein Dämon manipulieren wollen, brachte es mir auch nichts, wenn ich den Augenkontakt mit ihm vermied. Ich meine, wie man bei meinem *Stalker* mitbekommen hatte, konnten sie auch Dinge herausfinden, ohne dass man davon etwas mitbekam. Noch immer fragte ich mich, wie er meinen Namen erfahren konnte. *Hatte er etwa Schwester Klayra manipuliert, um diesen ausfindig machen zu können? Aber sie starb lange nach unserer Begegnung, außer sie fand erst später heraus, dass sie manipuliert wurde und als sie es melden wollte, brachte er sie um.* Ich schüttelte den Kopf über mich selbst. Das war doch alles Schwachsinn! Nichts davon klang auch nur im Entferntesten logisch. Ich war nichts Besonderes, wieso sollte sich also ein Dämon über mich informieren? Waldwanderung in der Nacht hin oder her, das war für ein Dämon kein Grund für solch ein Verhalten.

Mittlerweile hatte Schwester Trya angefangen uns ein paar Zauber zu erklären. Ich machte mir erst gar nicht die Mühe, richtig zu zuhören, da ich sowieso wenig Magie besaß. Dennoch schrieb ich manchmal etwas mit, sobald sich etwas interessant oder wichtig anhörte. Ich konnte zumindest ein paar einfache Zauber versuchen, vielleicht würde ich ja doch den ein oder anderen zustande bringen können.

KAPITEL 7

- EVELYN -

»Glaubst du, diese Zauber können uns wirklich schützen?«, fragte mich Nadia. Wir saßen mittlerweile wieder in meinem Zimmer und hatten es uns auf meinem Bett gemütlich gemacht. Bis spät in die Nacht mussten wir die Zauber üben. Ich hatte nicht einen geschafft. Niemanden hatte es gewundert, dennoch war ich etwas enttäuscht.

Ich schnaubte. »Dich vielleicht. Ich habe noch nicht einmal die Barriere aus Luft erschaffen können.«

Nadia seufzte. »Du bist nun schon so lange hier und noch immer hat sich nichts an deiner Magie geändert. Ich verstehe das nicht. Wie ist das möglich?«

Ich zuckte nur mit den Schultern.

»Waren wirklich beide deiner Eltern Hexen?«

»Ja. Ich habe sie immer zaubern sehen.«

»Wie ist es dann möglich, dass du mit so wenig Magie geboren wurdest?«

»Woher soll ich das Wissen…«, murmelte ich.

»Wir können zusammen noch etwas üben. Vielleicht schaffst du es noch. Ich meine, eine kleine Barriere ist besser als keine und dieser Dämon hat es definitiv auf dich abgesehen. Du wirst diesen Schutz also brauchen.«

Zusammen trainierten wir noch etwas über eine Stunde. Während Nadias Barriere immer stärker wurde, änderte sich bei mir nicht das Geringste. Enttäuscht und genervt zugleich, ließ ich mich in mein Bett fallen. Wieso schaffte ich diesen einfachen Zauber nicht?! Es ärgerte mich, obwohl ich mich an meine Magielosigkeit mittlerweile schon gewöhnt haben sollte.

Knapp verabschiedete ich mich noch von Nadia, welche gerade dabei war mein Zimmer zu verlassen. Sobald die Tür ins Schloss gefallen war, drückte ich mein Gesicht in mein Kopfkissen und schrie laut hinein. Irgendwie musste ich meine Wut ja loswerden und das Schreien ins Kopfkissen half manchmal besser als jede Medizin. *Wieso war meine Magie nur so schwach?* Es machte sich keiner über mich lustig und dennoch war es mir so unangenehm. Alle konnten mir beim Versagen zusehen und das tagtäglich! Verdammt, jeder in diesem Haus konnte zaubern. Jeder im Dorf konnte zaubern. Sogar diese widerwertigen Monster konnten besser *zaubern*. Das war so unfair. Was hatte ich nur falsch gemacht, um so bestraft zu werden? Hatte ich in einem *früheren Leben* einem Dämon geholfen? Oder noch schlimmer, war ich in einem anderen Leben sogar selbst ein grausamer Dämon gewesen?

Laut seufzend drehte ich mich herum, so dass ich auf meinem Rücken lag. Stur starrte ich an die Decke. *Komm schon, Evelyn!* Beruhigend holte ich Luft, schloss langsam meine Augen und fühlte tief in mich hinein. Während ich entspannt die Luft aus meinen Lungen blies, suchte ich nach meiner Magic.

Ein leichtes Kribbeln breitete sich in meinem Körper aus, als ich endlich ein kleine Magiequelle in mir spürte. Ruhig öffnete ich meine Augen und erstarrte sofort, als ich die dünne Luftbarriere vor mir entdeckte.

»Bei der Urhexe Jorun … ich habe es tatsächlich geschafft!«, flüsterte ich freudig. Behutsam streckte ich meine Finger nach der Barriere aus und fuhr sanft mit meinen Fingerspitzen darüber. Sie war nicht dick und würde kaum etwas standhalten, erst recht keinem Dämon, dennoch war ich überglücklich. Es war ein Fortschritt, ein kleiner, aber für mich bedeutender Fortschritt. *Ich hatte eine verdammte Luftbarriere kreiert.* Ich wusste, dass ich es so schnell nicht mehr schaffen würde, doch dies zeigte mir mal wieder, dass ich doch einen Funken an Magie besaß. Glücklich über das Geschehene schlief ich mit einem Lächeln im Gesicht ein.

Breit grinste ich meine beste Freundin an.

»Du nimmst mich gerade auf den Arm, oder?«, fragte sie, hin und her gerissen von meinen Neuigkeiten.

Wild schüttelte ich meinen Kopf.

»Du hast wirklich eine Barriere erschaffen?«, fragte Nadia erneut, woraufhin ich nickte. Freudig klatschte sie sich in die Hände. »Das ist wundervoll! Vielleicht schaffen wir es doch, noch ein wenig mehr Magie aus dir zu kitzeln!«

Während des gesamten Frühstücks versuchten Nadia und ich herauszufinden, wie ich die Barriere errichten konnte, doch leider fanden wir nicht wirklich eine Lösung für dieses besondere Phänomen. Dennoch war es für mich ein Lichtblick, dass ich doch Magie besaß.

Nachdem wir gegessen hatten, wurden wir direkt wieder zum Unterricht für Dämonenlehre geschickt, denn noch immer verbreitete der vergangene Angriff Angst und Schrecken bei den Schülern und Lehrern. Einige der Junghexen sah ich nur noch in Gruppen umhergehen. Auch auf die Toilette gingen die meisten zu dritt oder gar zu viert.

Ebenfalls waren kaum noch welche im Hof, um zu lernen. Obwohl dieser sehr gut geschützt war, sahen ihn viele als riesige Falle und wagten sich nicht ins Freie.

Mehrere der Schwestern und Brüder im Kloster befanden sich auf den Mauern und hielten Ausschau nach verdächtigen Bewegungen und Geschehnissen. Bis vor zwei Tagen waren es nur etwa zehn Lehrer, nun waren es mehr als das Doppelte. Nadia meinte, sie konnte dort zweiundzwanzig Leute zählen.

Doch es waren nicht einmal so viele lehrende Hexen beschäftigt, was bedeutete, man hatte bereits Verstärkung gerufen und das war nicht normal für einen Dämonenangriff. Es war schließlich nichts Ungewöhnliches daran. Immer wieder kam es zu *kleinen* Vorfällen mit diesen Monstern. Darunter zählten auch Morde.

Das Einzige, was bei diesem Mord anders war, war die durchtrennte Kehle. Wieso also plötzlich solch eine Panik schieben und direkt mehr als zehn weitere Leute anstellen? Ich konnte es in Nadias Gesicht sehen und auch in den Gesichtern vieler anderer Schüler. Sie alle, ich eingeschlossen, stellten sich diese Frage und genau aus diesem Grund schoben die Schüler hier noch mehr Panik, als es nötig war. Doch keiner kannte die Antwort. Ich war mir nicht einmal sicher, ob die meisten Schwestern und Brüder wussten, was hier vor sich ging.

Ich zuckte erschrocken zusammen, als mir Nadia heimlich einen kleinen Zettel während des Unterrichts zuschob. Ich sah kurz zu Schwester Trya, um sicherzugehen, dass sie gerade nicht zu mir sah. Da diese jedoch auf das Buch vor sich konzentriert war und uns daraus vorlas, wagte ich es den Zettel leise aufzufalten.

Bibliothek.

20 Uhr.

n.

Mehr stand dort nicht. Doch wir wären keine besten Freunde, wenn ich nicht sofort wüsste, worum es ging. Sie wollte in den Alten Schriften nachsehen, ob es solch einen Vorfall bereits schon einmal gegeben hatte. Unauffällig nickte ich ihr zu. Der Hauch eines Lächelns zeichnete sich auf ihren Lippen ab, dann konzentrierte sie sich wieder auf das Buch vor sich und auf die Worte von Schwester Trya. Dies ahmte ich ihr nach.

KaPITEL 8

- EVELYN -

EINE WOCHE SPÄTER

Es war zum Haare ausreißen. Wir hatten weder etwas in den Alten Schriften gefunden noch ist seit dem Mord etwas passiert. Kein Dämon war zu sehen, kein anderes Monster, keine Leichen, keine Hinweise. Außerdem hatte mir Nadia seitdem nicht mehr »erlaubt« das Kloster zu verlassen, aus Angst, mir könnte etwas Schlimmes zustoßen.

Als Nadia und ich uns in der Bibliothek getroffen hatten, um in den Alten Schriften nach Antworten zu suchen, fehlten bei mehreren Fällen, einige Seiten. Sie alle wurden herausgerissen. Doch nur bei Fällen die dem Mord im Kloster ähnelten. Es war, als hätten die Schwestern – oder jemand anderes mit hohem Rang –

gewusst, dass es Schüler geben könnte, die nach Antworten suchen würden und um uns diese zu enthalten, rissen sie einfach die womöglich erklärenden Seiten heraus.

Es waren nicht viele Fälle, die mit diesem vergleichbar waren, um ehrlich zu sein fanden wir nur drei. Einer fand vor etwa hundert Jahren statt, der andere vor hundertfünfzig und der letzte vor dreihundert Jahren. Weiter reichten die Schriften in der Bibliothek nicht zurück, doch sie alle fingen mit einer *verstümmelten* Leiche an und endeten mit hunderten Aufpassern vor dem Kloster. Bei den beiden neueren Fällen wurde die durchtrennte Kehle mehrmals notiert, während es bei dem Fall von vor dreihundert Jahren nur knapp erwähnt wurde. Man fing an, alle Hexen, welche die Junghexen lehren und schützen sollten, speziell auszubilden. Mit den Jahren verringerte sich jedoch die Anzahl der Aufpasser immer mehr. Waren sie sich mittlerweile etwa zu sicher, was ihre Fähigkeiten anbelangte?

Doch egal was es war und worum es darin wirklich ging, dass daraufhin Geschehene war uns unbekannt.

Ich wäre am liebsten zu einer der Schwestern gegangen, um nach den Seiten zu fragen, doch dies wäre einfach nur idiotisch! Ich würde dadurch eine Art von Aufmerksamkeit bekommen, welche ich nicht wollte und erst recht nicht brauchte. Sie hätten nachgeforscht, angefangen mich genaustens zu beobachten und vielleicht hätten sie dann von meinen Wanderungen erfahren. Ich wollte kein Risiko eingehen, also blieb ich lieber still und tappte weiter im Dunkeln.

»Ich kann das nicht!«, brummte ich. *Ja, was soll ich sagen, dass im Dunkeln tappen lag mir nicht. Ich konnte einfach nicht lange stillsitzen und nichts tun.*

»Wovon sprichst du?«, fragte Nadia, die gerade an dem Wein nippte, welchen ich ihr vor etwa einer Woche mitgebracht hatte.

»Das Unbekannte! Ich hasse es, keine Klarheit und keine Antwort auf das alles zu haben!«

»Was ist dein Plan?«

»Ich werde raus gehen.«

Laut fing Nadia an zu husten, nachdem sie den Schluck Wein durch mein Zimmer gespuckt hatte. Mit großen Augen sah sie zu mir.

»Bist du jetzt vollkommen durchgeknallt?«

»Es ist seit über einer Woche nichts passiert. Außerdem kann es jeden Tag zu einem Dämonenangriff kommen. Ich kann hier nicht einfach sitzen und nichts tun. Ich werde ins Dorf gehen. Vielleicht kann ich dort ein paar Antworten finden.«

»Das ist Selbstmord und das weißt du!«

»Dieses Risiko gehe ich ein.«

Es war kurz nach zweiundzwanzig Uhr, das hieß mir blieb noch genug Zeit, um im Dorf nach Antworten zu suchen und damit ich rechtzeitig vor Mitternacht wieder hier war.

Nadia fuhr sich mit der Hand durchs Haar und seufzte mehrmals. Sie überlegte und suchte nach Worten, die mir meine Idee ausreden konnten, doch bereits nach wenigen Sekunden wusste sie, ihr werden keine passenden einfallen. »Eine Stunde.«

Ich rümpfte mit der Nase. Aber auch ich gab wenige Sekunden später nach, denn ich sollte ihr ebenfalls etwas entgegenkommen.

»Gut, in einer Stunde bin ich wieder da.«

»Ich schwöre dir, wenn du in einer Stunde nicht vor der Tür stehst, renne ich zu Schwester Trya und mir ist egal, wie viel Ärger du dann bekommen wirst.«

»Deal.«, murmelte ich.

Schnell ging ich zu meinem Kleiderschrank, um mir passende Kleidung herauszusuchen. Ich entschied mich für ein schlichtes braunbeiges Kleid, welches mir bis zu den Knöcheln reichte, dann zog ich mir meinen passenden dunkelbraunen Mantel mit einer Kapuze über und zog mir zum Schluss noch meine Stiefel an. Daraufhin schlichen wir aus meinem Zimmer zu dem geheimen Durchgang.

»Eine Stunde!«, wiederholte Nadia ihre Worte streng, bevor sie hinter mir die Tür schloss.

Nun war ich wieder allein im Wald. Es fühlte sich plötzlich so fremd an, obwohl ich bis vor einer Woche jeden Tag hier draußen war. Wie gewohnt zog ich mir meine Kapuze weiter ins Gesicht und lief anschließend los. Immer wieder sah ich mich um, da ich zunehmend das Gefühl bekam, beobachtet zu werden.

»Lange nicht gesehen, kleines Mädchen«, ertönte eine tiefe Stimme dicht hinter mir. Ich quiekte erschrocken auf und wirbelte ruckartig zu der Person herum. Er stand direkt vor mir! Nur wenige Zentimeter trennten uns voneinander. Das Atmen fiel mir schwer und ich konnte kaum noch einen klaren Gedanken zu fassen.

Das schiefe Grinsen, welches mir bereits zu vertraut war, erschien auf seinen perfekten Lippen. »Es tut mir leid. Es war nicht meine Absicht dich zu erschrecken.«

Verdammt, reiß dich zusammen! Obwohl meine Gedanken weiterhin wie wild tobten, schaffte ich es dennoch, ein wenig Abstand zwischen uns zu bringen.

»Wenn das nicht deine Absicht war, solltest du dich vielleicht nicht so anschleichen und vor allem nicht direkt hinter jemanden stehen«, sagte ich schwer atmend. Das schiefe Grinsen verschwand nicht, während er mich schweigend ansah. Würde dieser verdammte Mistkerl nicht so gut aussehen, würde es mir um einiges leichter fallen, ihn zu missachten. Mein Blick fiel auf seine Kette, dessen Anhänger ich nun zum ersten Mal sah. Genaustens musterte ich diesen. Hatte ich dieses Symbol nicht schon einmal irgendwo gesehen? Es war ein kleiner grüner Stein, der durch das

Mondlicht schwach leuchtete. Darin konnte man minimal eine schwarze Ziffer oder einen Buchstaben erkennen. Ich konnte es nicht genau sagen, da der Mond nach und nach hinter den Wolken verschwand und der Stein dadurch immer dunkler wurde. Ich war mir sicher, ich hatte solch einen Anhänger schon einmal irgendwo gesehen, doch egal wie sehr ich darüber nachdachte, ich fand keine Lösung zu diesem Rätsel.

»Verfolgst du mich etwa?«, fragte ich geradeheraus. Ein tiefes und raues Lachen erklang aus seiner Brust.

Gänsehaut sammelte sich auf meinem gesamten Körper. Doch ich war mir unsicher, ob sie aus Angst erschien oder aufgrund meiner leichten Erregung.

Bei Jorun! Erregung? Hatte ich gerade wirklich Erregung gesagt? Das war doch Blödsinn, wie konnte man durch solch ein schauriges Lachen erregt sein? Ich schüttelte über mich selbst den Kopf. Als der Fremde vor mir die Stirn in Falten zog wusste ich, dass ihm meine Geste nicht entgangen war, dennoch sagte er kein Wort dazu.

»Ich habe dich zufällig hier umherschleichen sehen. Mein Lager ist ganz in der Nähe und ich war auf der

Suche nach etwas Holz für das Feuer«, meinte er, nachdem er aufgehört hatte zu Lachen.

Kritisch musterte ich ihn. Ich glaubte ihm kein Wort und das wusste er mit Sicherheit, auch ohne mein Gesicht gesehen zu haben.

»Ich habe dich schon länger nicht mehr hier gesehen. Ist etwas passiert?«, fragte er vorsichtig.

»Wir sind uns zweimal über den Weg gelaufen, wer behauptet, ich würde jeden Tag hier entlang gehen?«

»Mein Gefühl.«

»Dein – was?«, unterbrach ich meine eigenen Worte.

»Ich habe ein Gespür für so etwas.«

Ich hob eine Augenbraue. Ich wusste ja er konnte dies nicht sehen, dennoch konnte ich mir diese Geste nicht verkneifen.

»Bist du gerade wieder auf dem Weg zurück ins Dorf?«

Ich nickte knapp. Lügen hatte keinen Sinn und würde mein Vorhaben so oder so nur auffälliger machen.

»Soll ich dich dorthin begleiten?«

»Ich dachte du suchst nach Holz für ein Feuer.«

Er presste die Lippen zu einer Linie zusammen.

Erwischt, Mistkerl!

Langsam nickte er.

»Du findest allein zurück ins Dorf?«

»Ich dachte, dein Gefühl sagt dir ich würde hier jeden Tag umherwandern. Wenn ich das tue, sollte der Weg kein Hindernis für mich sein.«

»Da hast du wohl recht. Einen schönen Abend noch, Kleines.«

Dann drehte er sich auch schon wieder um, während ich meinen Weg zum Dorf fortführte. Natürlich darauf bedacht, dass er mir nicht folgte.

Ich war durch das halbe Dorf gelaufen, um ein paar Leute zu finden, welche ich befragen konnte. Ich hatte noch nicht einmal den Hauch einer Antwort in diesem Dorf erhalten. Es ärgerte mich, doch ich hatte keine Zeit mehr, um nach weiteren suchen zu können. Ich brauchte etwa fünfzehn Minuten bis zum Kloster und die Stunde war in weniger als zehn Minuten um. Ich war mir sicher, Nadia würde noch ein paar Minuten auf mich warten, dennoch wollte ich nicht, dass sie sich unnötig Sorgen um mich machte. In Gedanken ging ich noch einmal alle Gespräche durch, welche ich geführt hatte.

»Halt dich einfach fern von Dämonen, die machen nur Ärger!«

»Pass auf, was du fragst und worüber du sprichst, diese Monster haben ihre Augen und Ohren überall!«

»Dämonen? Hatte noch nie etwas mit diesen widerwertigen Kreaturen zu tun. Ich kann dir nichts sagen.«

»Tut mir leid, ich habe keine Ahnung.«

Das war alles, was ich aus den wenigen Leuten herausbekam. Klar, ich wirkte nicht gerade wie eine seriöse Person, da würde ich auch nicht viel preisgeben wollen. Allerdings konnte ich den Leuten auch schlecht sagen, was im Kloster vor sich ging, oder dass ich von dort kam. Ich hätte mit solchen Antworten rechnen müssen, doch die Hoffnung stirbt zuletzt und es war immerhin einen Versuch wert. Nur noch wenige Meter trennten mich vom versteckten Eingang ins Kloster. Trotz der Dunkelheit konnte ich bereits die Mauern sehen. Auf der Seite, auf welcher sich der Boteneingang befand, war der einzige unbewachte Weg. Die Mauern darüber waren höher als die anderen und ungeschützter für die Hexen, die darauf standen, um Wache zu halten.

Eigentlich schon komisch, dass hier noch nie jemand– ich stoppte meine Gedanken und hörte auf, mich zu bewegen.

»Keinen Ton«, säuselte eine mir bekannte Stimme. *Erneut stand er direkt hinter mir.* Doch dieses Mal war es anders. Er stand nicht nur hinter mir, nein, ich spürte genaustens das kalte Metall eines Messers an meinem Hals.

Ich zweifelte nicht daran, dass er es jederzeit einsetzen würde, wenn ich auch nur eine falsche Bewegung machte. Ich war wie versteinert. Keiner hatte gesagt, Dämonen würden Messer benutzen. Es war dumm von mir, nie daran zu denken, dass auch Dämonen eine Klinge nutzen konnten. Doch eigentlich sollte ich froh darüber sein, dass es sich hier um ein Messer handelte und nicht um seine Zähne. Dennoch fühlte sich das Messer in diesem Moment viel schlimmer an.

»Nun sag mir, Evelyn. Wo ist der versteckte Eingang, durch welchen du jede Nacht gehst.«

Ich schwieg, was vermutlich das dümmste war, was ich tun konnte. Ich wollte es ihm nicht sagen, aber vor allem, brachte ich keinen Ton hervor. Ich stand gerade kurz vor einer Panikattacke und wusste mir nicht mehr zu helfen. Ich verfluchte mich innerlich dafür keine Magie zu haben. Doch selbst wenn ich erneut eine kleine Luftbarriere errichten könnte, er hielt mich bereits fest, es würde mir also nichts nützen. Ich werde sterben. Dieses Mal werde ich ihm nicht entkommen. *Bei Jorun, wieso hatte ich nicht einmal auf Nadia gehört!*

Bevor ich überhaupt die Chance hatte, um reagieren zu können, griff er nach meinen Handgelenken und hielt sie anschließend mit einer Hand hinter meinem Rücken fest. Es wunderte mich nicht, dass er dies so leichtfertig hinbekam, schließlich waren seine Hände um einiges größer als meine. Ich wusste, selbst wenn ich versuchen würde, mich zu wehren, meine Hände würde ich aus seinem eisernen Griff nicht so einfach befreien können. Fest presste ich meinen Kiefer zusammen.

»Sei ein braves Mädchen und sag es mir. Ich werde dir nichts tun, wenn du das machst, was ich dir sage.«

Ich schnaubte verächtlich. »Hältst du mich für so dumm?«, fauchte ich. Ich würde ihm überhaupt nichts sagen. »Du hast Schwester Klayra umgebracht«, stellte ich nüchtern fest.

»Es war eine Warnung, doch keiner deiner *schlauen Lehrer* nahm sie wahr. Anstelle vernünftig zu handeln, bringen sie lieber alle weiterhin in Gefahr, also musste ich einen anderen Weg finden.«

Er hatte sich noch nicht einmal die Mühe gemacht, meine Anschuldigung abzustreiten.

»Eine Warnung?«

»Ich morde nicht grundlos. Doch ihre Reaktion darauf war lediglich mehr Personal, welches ihnen nichts bringen wird. Also, wo ist der Eingang?«

»Der Boden im Kloster ist gesegnet. Ich weiß, dass du ein Dämon bist, du wirst also sterben, sobald deine Füße den Boden berühren!«

Meine Drohung verlief im Sand. Direkt, nachdem ich meine Rede beendet hatte, hörte ich ihn leise, schnaubend Lachen. Er machte sich schon wieder über mich lustig, das hörte ich genau. *Arschloch!*

»Das ist doch nur ein dämliches Gerücht, du kannst mir nicht erzählen, du würdest so etwas wirklich glauben! Irgendein Priester kam auf die glorreiche Idee diese Lüge zu verbreiten. Gebracht hat sie ihm nichts. Zwei Tage danach starb er nämlich auf seinem heiligen Boden.«

Ja, das kam mir bereits in den Sinn. Und erneut starb ein Teil meiner Hoffnung, welcher auf Schutz gehofft hatte.

»Der. Eingang. Evelyn. So gerne ich mit dir plaudere, ich werde langsam ungeduldig und glaube mir, wenn ich meine Geduld erst einmal verloren habe, möchtest du mir nicht mehr begegnen oder mir gar im Weg stehen.« Er machte eine Pause, als er mich noch fester gegen seine Brust presste und das Messer tiefer in mein zartes Fleisch drückte. »Wo. Ist. Die. Tür?!«, knurrte er.

Noch bevor einer von uns die Diskussion fortführen konnte, horchten wir beide auf. Es war nicht zu überhören. *Shit.* Das Quietschen der sich öffnenden morschen Tür kam mir noch nie so laut vor wie in diesem Moment. Im Wald war es nachts fast immer leise und da wir nun verstummt waren, war das leise und doch so laute Geräusch deutlich zu hören. Ich schluckte schwer, als ich trotz der Dunkelheit eindeutig Nadias zierliche Gestalt im Türrahmen erkennen konnte. *Und erneut: SHIT!*

KAPITEL 9

- EVELYN -

Ich spürte, wie der Dämon hinter mir seine gesamte Haltung änderte. Auch ich änderte meine. *Geh wieder rein, Nadia! Geh zu Trya und sag ihr, ich bin raus und nirgends zu sehen. Verrate mich lieber, als dich in Gefahr zu bringen! Bitte, warte nicht auf mich und vor allem, geh nicht raus!* Schrie ich so laut in Gedanken, in der Hoffnung, sie könnte sie hören. Leider war dies vollkommener Unsinn.

Ihr dies wirklich zuzurufen wagte ich nicht, bevor auch nur ein Wort meine Lippen verlassen würde, hätte er das Messer auch schon über meine Kehle gleiten lassen. Noch nie befand ich mich in einer aussichtsloseren Situation. *Geh endlich wieder rein, Nadia!*

Eine Träne lief meine Wange hinab. Nicht nur ich würde heute sterben, ich hatte mit meinem Handeln auch das Todesurteil meiner besten Freundin unterschrieben. Ich hatte mich noch nie so sehr gehasst, wie in diesem Moment.

»So wie es aussieht, sucht deine Freundin bereits nach dir«, stellte der Dämon nüchtern fest. Immer weiter beugte sich Nadia aus der Tür und nun hörte ich auch noch, wie sie meinen Namen flüsterte.

»Wir sollten deiner kleinen Freundin einen Besuch abstatten. Denkst du nicht?«

»Lass sie in Ruhe, Dämon!«, sagte ich mit einem wütenden Knurren. Plötzlich war mir das Messer an meinem Hals egal. Sollte er auch nur in Versuchung kommen, Nadia etwas anzutun, werde ich ihn umbringen. *Selbst wenn die Chancen schlecht standen, dies wirklich zu erreichen.*

Langsam setzte er sich in Bewegung und drängte mich stetig nach vorne, das Messer dabei weiterhin an meinem Hals. Augenblicklich versteifte Nadia sich, als sie uns aus den Schatten treten sah und wir langsam auf sie zugingen. Es würde ihr noch etwas Zeit bleiben, um die Tür zu schließen und sie alle darin zu schützen, doch dem Dämon war dies ebenfalls bewusst und er rief ihr zu: »Schließe die Tür und deine Freundin stirbt.«

Dachte er wirklich, dies wäre ein Grund die Tür offen zu lassen? Ein Leben gegen das von Hunderten?

»Wenn du die Tür schließt, werde ich mit Gewalt dieses Kloster stürmen und dann stirbt nicht nur deine Freundin, sondern auch viele weitere im Kloster, willst du diese Schuld wirklich auf dich nehmen?«, fragte er sie und damit hatte er es geschafft. Ich konnte es an Nadias Blick erkennen. Sie würde die Tür nicht mehr schließen.

»Mach die Tür zu!«, rief ich ihr zu, in der Hoffnung sie würde auf meine Worte hören und ihre Meinung noch einmal ändern. Sie könnte alle warnen. Bevor er einen gewaltvollen Weg hineinfinden würde, hätten sie eine Chance, sich zu retten und zu schützen. Keiner – außer mir – müsste sterben.

Doch noch bevor Nadia es sich hätte anders überlegen können, stieß mich der Dämon gegen sie und hielt die Tür auf. Er drückte uns zwei hinein und schloss hinter uns die Tür. Ich sah wie Nadia einen Zauber gegen ihn wirken wollte, als er mich auch schon wieder gegen seine Brust gepresst hatte und mir das Messer erneut an die Kehle hielt.

»Ein Zauber Hexe und deine kleine Freundin ist tot«, drohte er mit einer viel zu ruhigen Stimme. Sie klang so tödlich, dass sogar das Blut in meinen Adern für wenige Sekunden gefror.

»Was wollt ihr von uns?«, flüsterte Nadia. Ihr Blick huschte immer wieder zwischen mir und ihm hin und her.

»Von euch? Von euch möchte ich überhaupt nichts. Ich hole mir nur das, was mir zusteht.«

»Und was wäre das? Vielleicht können wir helfen«, nuschelte Nadia. Man sah ihr die Unsicherheit an. Doch wer konnte es ihr übelnehmen? »Natürlich nur, um unschuldige Opfer zu vermeiden«, fügte sie schnell hinzu.

Leise lachte er hinter mir auf. »Liebes, du wirst mir helfen. Dir bleibt nämlich keine andere Wahl.«

»Dann sag uns endlich, was du willst und dann hau wieder ab!«, sagte ich fauchend.

Er presste das Messer fester an meine Kehle. »Nicht so frech, Evelyn.«

Obwohl ich ihn nicht sah, wusste ich, ihn amüsierte diese Situation und bestimmt lag wieder dieses wundervolle schiefe Grinsen auf seinen Lippen.

»Nadia, führe uns doch in Evelyns Zimmer«, sagte er zu ihr und ich sah, wie Nadia jegliche Farbe aus dem Gesicht wich. Allerdings lag es nicht an der Tatsache, dass er nach meinem Zimmer fragte. Sofort sah sie zu mir, doch als sie mein leichtes Kopfschütteln sah, wurde sie noch bleicher um die Nasenspitze. Ich hatte ihm ihren Namen nicht gesagt und sie hatte es ebenfalls nicht getan. Vermutlich fing sie erst jetzt damit an, mir wirklich zu glauben, dass ich ihm meinen Namen nie verraten hatte.

Wie konnte dieser Mistkerl unsere Namen nur herausfinden? Bei Jorun, es ärgerte mich so sehr! Ich hasste es, wenn ich keine Erklärung auf etwas hatte, und im Moment waren mir dies definitiv zu viele offene Fragen und Handlungen.

»F-Folgt mir…«, stotterte sie und ging voran. Schnell und leise huschten wir durch den Flur. Nadia öffnete meine Zimmertür und ging schweigend hinein. Erneut stieß mich der Dämon zu ihr, kam herein und schloss hinter sich die Tür. Etwas beängstigt traten Nadia und ich weiter in den Raum. Ich wollte so viel Abstand wie nur möglich zwischen uns bringen.

»Ich hoffe, ihr bleibt artig und ruhig. Ein falscher Laut und ich werde euch schneller unter die Erde bringen, als euch lieb ist.«

Sofort nickten wir.

»Wieso sind wir in meinem Zimmer?«, fragte ich mutig.

»Weil wir keine unnötige Aufmerksamkeit brauchen.«

»In weniger als zehn Minuten wird jeder wissen, dass ein Dämon hier ist«, brummte Nadia. Ein Blick auf meine kleine Tischuhr zeigte uns, dass es gleich Mitternacht war. Das typische schiefe Grinsen tauchte auf seinen Lippen auf.

»Bis dahin bin ich längst weg.«

»Wonach suchst du?«, fragte ich ihn. *Er soll hier endlich wieder verschwinden. Seine Anwesenheit verursachte in mir ein flaues Gefühl.*

»Nach einem jungen Mädchen. Sie wird euch bestimmt schon aufgefallen sein. Sie nutzt ihre Magie anders als ihr.«

Gedanken verloren verzogen wir unser Gesicht.

»Leila?«, fragte Nadia nach einer kurzen Pause.

Ja, auch ich dachte an sie. Sie nutzte ihre Magie schon immer etwas anders als die meisten.

»Bringt mich zu ihr«, sagte er knurrend.

Bevor ich überhaupt reagieren konnte, stand er wieder bei mir und zum dritten Mal heute, legte er mir das Messer an meine Kehle.

»Los geht's.«, sagte er eindeutig zu Nadia, welche sofort los ging.

Sie öffnete die Tür und wir waren bereits dabei, mein Zimmer zu verlassen, als der Dämon fragte: »Was ist es, was ihr so auffällig an ihr findet?«

»Sie muss die Zauber immer leise aussprechen, noch dazu muss sie bei allen ihre Hände bewegen«, murmelte Nadia.

Ich keuchte erschrocken, als der Dämon hinter mir ruckartig stehen blieb. Nadia bemerkte dies erst etwas später, drehte sich dann bestürzt um und ging die wenigen Schritte wieder zu uns zurück. Erneut presste der Dämon uns in mein Zimmer und schloss die Tür. Schmerzhaft fest griff er nach meinem Oberarm und wirbelte mich zu sich herum. »Ihr wollt mich wohl auf den Arm nehmen?! Dummheit hat nichts mit außergewöhnlichem Verhalten zu tun!«, schnauzte er uns beide an.

Ich schluckte schwer und auch Nadia wich die Farbe erneut aus dem Gesicht.

»Du sagtest *anderes* Verhalten, nicht ungewöhnliches!«, schnauzte ich leise zurück. Er gab ein wütendes Knurren von sich. »Gibt es jemanden, der außergewöhnlich viel Magie besitzt?«, fragte er uns und wir schüttelten synchron unseren Kopf.

»Jemanden mit keiner Magie?«, fragte er dann. Automatisch hielt ich den Atem an. Auch Nadia schluckte laut hörbar. Ein siegreiches Lächeln erschien auf seinen Lippen.

»Wer ist es?«, fragte er.

Keiner von uns traute sich etwas zu sagen.

»Wer?!«, fragte er lauter und ich zuckte leicht zusammen. Kurz sah ich zu Nadia, welcher sofort die Panik ins Gesicht geschrieben war.

»Eve! Nein!«, flüsterte sie.

Entschlossen blickte ich zu dem Dämon auf. »Das wäre dann wohl ich.«

KAPITEL 10

- EVELYN -

»Du?«, fragte er mich, als müsste er noch einmal sicher gehen, was ich gerade gesagt hatte.

Ich nickte.

Neugierig und misstrauisch zugleich musterte mich der Dämon. »Gut, dann wären wir hier fertig. Nadia, es war nett dich kennengelernt zu haben«, mit diesen Worten drehte sich der Dämon um. Die winzige Hoffnung, er würde mich auch hier lassen verblasste sofort, als er meinen Arm nicht losließ und mich mit sich zog. *War ja klar.*

Während ich hinter ihm her stolperte, versuchte ich mich aus seinem Griff zu winden, doch ich hatte keine Chance. Meine Angst wurde immer größer, als wir dem versteckten Ausgang stetig näherkamen. Ich keuchte, als Nadia plötzlich nach meiner Hand griff und mit zusammengekniffenen Augen zu dem Fremden aufsah.

»Sie bleibt hier«, zischte Nadia.

Leise fing er an zu lachen. Gänsehaut breitete sich auf meinem Körper aus, er besaß wirklich ein grausames Lachen. Es war so verführerisch und im gleichen Moment auch so beängstigend.

»Und du glaubst, du könntest mich aufhalten?«, fragte er spöttisch.

Entschlossen nickte Nadia und ich sah, wie sie versuchte genug Magie zu sammeln. Im Versuch uns zu schützen, wollte sie eine Luftbarriere um uns errichten. Doch sofort machte der Dämon ihr einen Strich durch die Rechnung. Bevor Nadia den Zauber erwirken konnte, hob der Fremde seine Hand und Nadia erstarrte.

Mit großen Augen blickte ich zu meiner besten Freundin. Erneut versuchte ich gegen seinen festen Griff anzukämpfen, doch ohne erfolgt.

»Was hast du mit ihr gemacht?«, krächzte ich.

Ich sah, wie der Fremde seine Augen verdrehte, bevor er seinen Blick auf mich richtete.

»Ihr geht es gut. Die Wirkung lässt in wenigen Sekunden nach.«

»Wirkung? Welche Wirkung?«

Ich erhielt darauf keine Antwort. *Natürlich nicht, wieso sollte er auch?*

»Wecke ruhig deine Lehrer. Bis du mit ihnen hier wärst, sind wir längst weg«, gab er selbstsicher von sich und sah dabei wieder zu Nadia.

Verwirrt starrte ich ihn an. *Nadia hatte kein Wort gesagt, wie kam er also darauf, dass sie dies vorhatte? Hatte er etwas bemerkt, was ich nicht mitbekam, oder war es eine rein logische Vermutung von ihm?* Irritiert starrte ich ihn weiterhin an.

»Wir gehen«, meinte er schließlich an mich gewandt, drehte sich wieder um und ging abermals auf die Tür zu. Dieses Mal hielt uns keiner auf und ich unterlag meinem Schicksal, ihm allein in die Dunkelheit folgen zu müssen.

Kein Funke an Kontrolle wollte mir in dieser Situation zuteilwerden. Keine Aussicht auf Hoffnung oder etwas Glück. Er öffnete die Tür und lief mit mir hinaus in den Wald. Der Wind hatte nachgelassen und somit traten wir in eine furchteinflößende Stille. Es war mittlerweile stockdunkel und die Bäume sahen aus wie geisterhafte Schatten. Bisher hielt ich immer die schaurigen Steinwände und schallenden Gänge im Kloster für angsteinflößend. Doch nun nahm ich alles zurück.

Diese stille Nacht, entführt von einem Dämon, war tausendfach schlimmer.

Rasch sah er sich um, dabei ließ er die Mauer über uns nicht aus. Als er offenbar niemanden in unserer Nähe entdeckte, marschierte er weiter. Mit schnellen Schritten stapfte er durch den dichten Wald, während ich ihm weiterhin mehr oder weniger hinterher stolperte.

»Wo bringst du mich hin?«, fragte ich außer Atem.

»In mein Lager. Dort werden wir bereits erwartet«, gab er knapp zurück.

In sein Lager? Wir wurden erwartet? Ich hatte mit meiner Vermutung also recht, er war nicht allein! Ob das so gut war? Ich bezweifelte es.

»Von dort aus werden wir sehen, wie es weiter geht«, fügte er nach einer langen Pause hinzu.

Wollte er die Nacht etwa hier verbringen? So naiv wird er wohl nicht sein, oder? Ich meine, es wäre ein großer Vorteil für mich, dadurch hätten die Schwestern im Kloster eine höhere Chance mich zu finden – falls sie mich überhaupt suchen sollten. Doch ich hielt meinen – mittlerweile – Entführer nicht für einen dummen Jungen, welcher so leichtsinnig handelte. Vermutlich würde er ins Lager gehen, alles zusammenpacken und dann würden wir auch schon verschwinden.

Ich zuckte erschrocken zusammen, als er ruckartig stehen blieb und sich zu mir drehte. »Dieses blöde Ding brauchst du nun nicht mehr.«, sagte er plötzlich mit rauer Stimme und riss mir ohne Vorwarnung die Kapuze vom Kopf. *Verdammt!*

Ich legte die Stirn in Falten, als ich seine geweiteten Augen sah. Sein Blick wanderte über mein ganzes Gesicht. Zuerst musterte er mein auffälliges Haar, dann meine leicht gebräunte Haut, meine Lippen, meine Nase und zum Schluss sah er in meine ozeanblauen Augen. Da Dämonen sehr gut sehen konnten, zweifelte ich nicht daran, dass er die Farbe meiner Augen sogar in der Dunkelheit erkennen konnte.

Es gab keinen Fleck in meinem Gesicht, welchen er sich nicht genaustens angesehen hatte. Ich fragte mich, weshalb er mich so lange ansah, doch im gleichen Moment wollte ich es gar nicht wissen. Als ein verdächtiges Glänzen in seinen Augen erschien, rümpfte ich die Nase. *War das etwa Erregung? War er durch meinen Anblick erregt? Oh, bei Jorun, bitte lass mich seinen Blick falsch deuten!*

Außer mit den Brüdern des Klosters hatte ich noch nie wirklich Kontakt zu irgendwelchen Männern gehabt. Doch die Brüder konnte man kaum als männlichen Kontakt zählen lassen. Sie durften uns nicht länger als drei Sekunden ansehen und nur in Anwesenheit einer anderen Person mit uns sprechen. Also hauptsächlich zum Lehren im Unterricht. Die Hexer und Hexen befanden sich getrennt im Kloster und sahen sich nur einmal zu jedem neuen Jahresbeginn und auch da galt für alle dieselbe Regel, wie für die Brüder. Ich fand diese Regel schon immer dumm, doch ich schätze sie galt nur zum Schutz aller, damit niemand irgendwen verführen konnte.

Wir waren etwa zwanzig Minuten unterwegs, als ich immer lauter werdende Stimmen hörte. Wir kamen dem Lager stetig näher. Ob Nadia schon bei Schwester Trya war? Suchten sie bereits nach mir oder unternahmen sie überhaupt etwas? Würde ich durch die Hand dieses Dämons heute Nacht noch sterben? Irgendetwas sagte mir, er hatte nicht vor, mich umzubringen, doch andererseits hat mich mein Gefühl schon einmal im Stich gelassen, als ich mir sicher war, er hätte die Schwester nicht ermordet.

Ich versuchte meine Schritte zu verlangsamen und wollte mich erneut aus seinem eisernen Griff befreien. Doch wie bereits zuvor scheiterte ich kläglich. Er ließ nicht von mir ab und genauso wenig gab er mir den Hauch an Freiraum.

Ich wollte dieses verdammte Lager nicht betreten, denn sobald ich einen Fuß dort hineinsetzen würde, wäre ein Fluchtversuch ohne Hilfe beinahe unmöglich.

Falls überhaupt Hilfe kommt oder diese nicht an den Versuchen, mich befreien zu wollen, scheitern würde.

Ich schluckte schwer, als ich die ersten Bewegungen anderer Leute vernahm und die kleine Lichtquelle des Feuers immer größer wurde. Eine vereinzelnde Träne, welche ich aus lauter Frustration nicht zurückhalten konnte, rollte mir die Wange hinab. Für eine winzige Sekunde schloss ich meine Augen in der Hoffnung, ich könnte mich etwas fangen, doch kurz darauf stolperte ich über etwas, was sich wie ein Ast anfühlte und öffnete meine Augen sofort wieder.

Mittlerweile befanden wir uns am Rande des Lagers, mit einem erstaunten Blick beobachtete ich die vielen Gestalten. Jeder Einzelne sah so... so normal aus. Keinem würde man es direkt ansehen, dass er ein Dämon war.

Das Lager bestand aus etwa fünf Zelten, davon war eines etwas größer als die anderen. In der Mitte befand sich ein kleines Lagerfeuer mit ein paar Holzstämmen darum, worauf auch einige Leute saßen. Etwas außerhalb des Lagers, konnte ich in der Dunkelheit einige Pferde entdecken.

Dort sah alles so normal aus. Während manche Wäsche aufhingen, brachten andere den Pferden Wasser. *War das, was ich hier sah wirklich real? Oder bildete ich mir das nur ein?*

Gerade als ich etwas zu meinem *Entführer* sagen wollte, sah ich einen jungen Mann auf uns zu kommen.

»Da bist du ja endlich, wir haben angefangen uns langsam Sorgen um dich zu machen. Ist sie das?«, fragte der Mann und sah zu mir hinab.

Er war in etwa so groß wie mein Entführer, doch im Gegensatz zu ihm, sah er um einiges netter aus. Sein Haar schien im Licht des Feuers dunkelbraun und war leicht gelockt. Die Augen leuchteten ebenfalls in solch einem unnatürlichen Grünton, wie die des Dämons neben mir. Das Gesicht des Fremden sah jünger aus, fast schon kindlich und trotzdem besaß er wunderschöne maskuline Züge. Seine Figur sah ebenfalls gut trainiert und sportlich aus und die Kleidung glich der des Dämons. Die schwarze Kleidung war doch wirklich ein Klischee.

»Sie ist ganz hübsch. Allerdings sieht mir die Kleine etwas verängstigt aus, hast du nicht gesagt sie hätte ziemlich Feuer unterm Hintern?«, stellte er nüchtern fest, was mich schnauben ließ. Sofort sah er von dem Dämon wieder auf mich hinab und zog provokativ eine Augenbraue in die Höhe.

»Steh du doch mal als Hexe zwischen einem Haufen Dämonen, da möchte ich dein Gesicht sehen!«, knurrte ich. Die Wut in mir stieg, als er das gleiche schiefe Grinsen wie der Mistkerl neben mir aufsetzte.

Plötzlich streckte er mir seine Hand entgegen und meinte: »Fynn. Es ist mir eine Ehre dich kennenzulernen.«

Zögerlich und misstrauisch legte ich meine Hand in seine. »Ich würde dir gerne das gleiche zurückgeben, doch das wäre eine glatte Lüge.«

Ohne etwas darauf zu sagen, hob er meine Hand an seine Lippen und hauchte mir einen Kuss auf den Handrücken. Augenblicklich zog ich sie zurück und starrte ihn entsetzt an. *Ich hoffe doch, ich habe mir das gerade eben nur eingebildet! Hat dieser Dämon gerade wirklich meinen Handrücken geküsst, wie man es oft bei Adligen tat?!* Mit zusammengezogenen Augenbrauen sah ich dann zu dem Dämon auf, welcher noch immer meinen Arm festhielt.

»Verrätst du mir nun auch deinen Namen?«

Er schmunzelte.

»Du hast ihr deinen Namen noch nicht gesagt?«, fragte Fynn gespielt entsetzt.

Genervt verdrehte ich die Augen.

»Zyran«, meinte der Dämon knapp.

»Zyran«, wiederholte ich leise seinen Namen.

»Bring sie in mein Zelt und stell sicher, dass sie nicht abhauen kann«, meinte Zyran und übergab mich Fynn. Dieser griff nun ebenfalls nach meinem Arm und zog mich hinter sich her. Obwohl ich kaum mit dem Dämon Schritt halten konnte, sah ich mich dennoch in dem Lager um.

Immer wieder bemerkte ich, wie mich die Dämonen beobachteten. Ziemlich in der Mitte befand sich das etwas größere Zelt, dort führte mich Fynn hinein. Mit schnellen Bewegungen warf er mich auf eine Art Bett, band meine Hände an den Gelenken zusammen, nur um sie anschließend an einen Pfosten bei dem improvisierten Bett festzubinden.

Das Bett bestand aus etwas Stroh und einem weißen Laken, worüber eine kratzige Decke bestehend aus Tierfell lag. *Wann hatte man dieses Fell wohl zuletzt gewaschen?* Der Pfosten, war direkt am Kopfende des Bettes in die Erde gerammt worden. *Ob sie ihn extra meinetwegen dort befestigt hatten?*

»Was habt ihr jetzt mit mir vor?«, fragte ich Fynn, welcher bereits dabei war, das Zelt zu verlassen. Mit dem Hauch eines Lächelns drehte er sich wieder zu mir um und meinte: »Falls du damit fragen willst, ob wir dich umbringen werden, kann ich dir getrost sagen, dass dies bisher nicht unser Plan ist.«

Bevor ich ihn weiter ausfragen konnte, verließ er das Zelt und ließ mich allein zurück. *Bisher.* Sehr tröstlich. Der bisherige Plan ist, mich nicht zu ermorden, soll das heißen morgen könnte dies anders sein? Oder bereits in einer Stunde? Einer Minute? Die Angst kroch mir den Nacken hoch und langsam bemerkte ich erneut die ansteigende Panik in mir. Fest zog ich an meinen Fesseln, bewegte das Seil immer wieder auf und ab, in der Hoffnung, es würde sich durch die Reibung an dem Holz lösen.

Ich musste hier raus, bevor sie mich wirklich noch umbrachten!

Als ich leise Schritte vor dem Zelt vernahm, hörte ich sofort auf mich zu bewegen. Ich wagte es nicht mehr zu atmen, so sehr hatte ich Angst davor, jemand würde herausfinden, was ich vorhatte.

Eine halbe Ewigkeit lauschte ich weiter den Geräuschen außerhalb des Zeltes, doch ich war mir beinahe sicher, die Schritte hatten sich wieder entfernt. Ich begann also erneut damit an dem Seil zu reißen und hoffte, es würde jeden Moment nachgeben.

Es war zum Schreien, das Seil war zu dick und zu robust. *Verdammt, es schlang sich viel zu eng um meine Handgelenke. Es tat verflucht weh! Auch diese Laken, waren alles andere als gemütlich!*

Wütend schlug ich meine Faust gegen das Holz. Erschrocken riss ich meine Augen auf, als das Holz in der Mitte zersprang. *Na gut, meine Hände waren zwar immer noch in die Seile gewickelt, aber ich war nicht mehr an das Bett gefesselt! Nun hatte ich eine winzige Chance zu entkommen.*

Ich sprang so schnell, wie es mir nur möglich war auf und begab mich still und leise zum Ausgang. Vorsichtig wagte ich einen Blick hinaus und sah mich um. Irritiert sah ich mich um, denn obwohl ich mich fast in der Mitte des Lagers befand, sah ich keine dämonische Seele in der Nähe. Wo waren die denn plötzlich alle hin?

Je weiter ich aus dem Zelt ging, desto nervöser wurde ich. Immer wieder sah ich mich in jede Richtung um, doch es war keiner zu sehen. Ich suchte nach einem Fluchtweg und entdeckte etwa zehn Meter weiter eine dichtbewachsene Stelle im Wald.

Dort würden sie mich nicht so schnell sehen!

Als ich plötzlich wieder dachte, ich würde leise Schritte in meiner Nähe hören, beschloss ich einfach loszurennen. Kein Umsehen mehr, nur noch rennen! Obwohl ich beinahe über mein Kleid gestolpert wäre, schaffte ich es noch, mich zu fangen.

Ich rannte schneller, als ich jemals gedacht hätte rennen zu müssen und nach nur wenigen Sekunden hatte ich die dicht bewachsene Stelle erreicht. Hoffentlich hatte mich keiner gesehen.

KAPITEL 11

- EVELYN -

Ich versuchte genug Sauerstoff in meiner Lunge zu sammeln, damit ich jeden Moment weiter rennen konnte, um diesen Monstern zu entkommen. Ich hatte mich hinter einem breiten Baum versteckt und sah nun um diesen herum in das Lager. Noch immer keine Spur eines Dämons. War es wirklich so leicht ihnen zu entkommen? Ich hoffte es inständig.

Gerade genug Luft geholt, wollte ich bereits weiter rennen, doch als ich meinen Kopf wieder nach vorne drehte, konnte ich den lauten Schrei nicht zurückhalten.

Zyran stand nur wenige Zentimeter vor mir und sah mich mit diesem charmanten schiefen Lächeln an. »Na, wo wolltest du denn so schnell hin?« *Verdammter Mist! Wie kam er so schnell hier her?*

»Du warst nicht gerade leise und noch dazu bist du durch das halbe Lager gerannt, mehr als sieben meiner Leute haben dich gesehen.«

Verwirrt musterte ich ihn. Mehrere Gedanken schossen mir durch den Kopf. Zum Beispiel hatte ich meine Frage gerade nicht laut ausgesprochen. War es einfach Zufall, konnte er es anhand meines Gesichtsausdrucks ablesen? Und wo bitte waren in dem Lager die Dämonen, denn ich hatte keine gesehen?

»Kommst du freiwillig mit mir zurück?«, fragte er und sah mich dabei so ernst an, dass ich mir ein verächtliches Schnauben nicht verkneifen konnte.

»Du hast mich aus dem Kloster entführt, denkst du wirklich ich gebe so einfach auf? Noch dazu kannst du hier nicht von freiwilligem Handeln sprechen. Ich habe schließlich kaum eine andere Wahl, als erneut mitzugehen.«

Er schmunzelte. »Wie recht du doch hast, Kleine.«

Damit griff er nach dem beschädigten Seil, welches noch um meine Handgelenke gewickelt war und zog mich daran hinter sich zurück in das Lager.

Ich sah mich mit verwirrtem Gesichtsausdruck um, denn als wir ankamen, waren über die Hälfte der Zelter abgebaut. Ich war noch nicht einmal fünf Minuten weg! Klar, Dämonen besaßen die Fähigkeit schneller als wir Hexen zu sein, doch waren sie wirklich so schnell?

»Ich hätte dir das Seil gerne abgenommen, da ich mir bei dir jedoch Sorgen um eine Flucht machen muss, bleibt es fürs erste noch dran«, murmelte Zyran.

»Da seid ihr ja wieder! Wir haben fast alles abgebaut, in drei Minuten können wir los«, rief Fynn, welcher auf uns zu kam.

»Die Sonne geht in weniger als zwei Stunden auf«, meinte ich und sah zwischen den beiden Männern hin und her.

Nicht, dass ich mir Sorgen um sie machen würde, doch es war nicht wirklich logisch, sie würden durch die Sonnenstrahlen sterben. Wieso also jetzt losmarschieren, nur um nach ein paar Metern die Zelte wieder aufzubauen? Ohne etwas auf meine Worte zu sagen, zog mich Zyran mit sich, während Fynn zu ein paar anderen Dämonen ging.

Mit großen Augen bestaunte ich das riesige, schwarze Pferd, welches nun vor mir stand. Es war wunderschön!

»Kannst du reiten?«

Ich sah zu Zyran, sagte jedoch nichts. War seine Frage ernst gemeint? Wo und wann hätte ich bitte reiten lernen sollen?

»Also nicht«, deutete er meine Stille. »Ich helfe dir hoch und werde mit dir reiten. Ist mir sowieso lieber.«

Wir waren nun schon über eine Stunde unterwegs. Mit noch immer gefesselten Händen saß ich vor Zyran auf dem Pferd und starrte mit großen Augen zu der langsam aufgehenden Sonne.

Wieso ritten wir noch weiter? Keiner der Dämonen um mich sah beunruhigt aus. Auch Fynn, der neben uns her ritt, sah tiefenentspannt aus, wobei er natürlich trotz seiner ruhigen Miene genaustens die Umgebung im Auge behielt, genau wie die anderen Dämonen. Immer mehr Sonnenstrahlen drangen durch den Wald hindurch und ließen mich erstarren, als sie meinen Arm berührten. Entsetzt blickte ich zu Fynn und sah dabei zu, wie immer mehr Sonnenstrahlen seine Haut erhellten.

Als hätte er bemerkt, dass ich ihn anstarrte, sah er zu mir und fing leise an zu lachen. »Du siehst aus, als würdest du jeden Moment vom Pferd fallen«, kommentierte er.

»I-Ihr verbrennt g-gar nicht«, stotterte ich und wagte dabei einen kurzen Blick hinter mich zu Zyran, welcher ebenfalls schmunzelte.

»Nein. Keine Angst so schnell bringt uns nichts unter die Erde, vor allem keine Sonnenstrahlen, welche uns angeblich verbrennen sollen. Das Ganze ist ein irrsinniger Mythos, genauso wie die Vampire einer sind.«

Stirnrunzelnd blickte ich Zyran an.

Sein Blick blieb ernst und es sah nicht wirklich danach aus, als würde er einen Scherz machen, also fragte ich: »Vampire? Ich habe davon in den Unterrichtsbüchern gelesen. Sie sind nicht echt? Aber viele behaupten es gäbe mehrere Sichtungen.«

Ich wartete darauf, dass mir einer der beiden Männer antworten würde, doch keiner sagte etwas.

»Du vertraust uns nicht und wir dir nicht. Ich denke vorerst reicht es, wenn du das mit der Sonne weißt. Noch dazu denke ich, wäre es egal, was wir zu dir sagen würden, du würdest uns das meiste sowieso nicht glauben. Du wirst mehr erfahren, wenn die Zeit dazu gekommen ist.«

Du wirst mehr erfahren, wenn die Zeit gekommen ist?! Bei der Urhexe Jorun! Seine Worte klangen wie die einer billigen Liebesgeschichte.

»Wo reiten wir hin? Wirst du mir das sagen, oder erfahre ich das ebenfalls erst, wenn die Zeit dazu gekommen ist?« Als Zyran breit zu Grinsen begann, wusste ich, er würde genau dies sagen.

»Und die Fesseln? Wann nimmst du mir die ab?«

»Wenn die Zeit gekommen ist, Evelyn. Belass es bei diesen fünf Wörtern, mehr wirst du im Moment nicht von uns hören«, kam es nun von Fynn.

Ich knurrte leise, da mir diese Antwort nicht gefiel. Dennoch hörte ich auf ihn und sagte nichts mehr. Das Schweigen gefiel mir ebenfalls nicht, doch ich wusste Fynn hatte recht. Sie würden mir so oder so nichts sagen, wieso auch? Ich bin ihr Feind, sie sind meine

Feinde, für uns alle gab es kein gegenseitiges Vertrauen. Noch dazu waren um mich herum etwa zwanzig Dämonen, würde ich jetzt einen Krieg anzetteln, würde ich ihn verlieren und das, bevor er überhaupt angefangen hätte.

KAPITEL 12

- NADIA -

Nachdem der Dämon mit Evelyn das Kloster verlassen hatte, konnte ich mich wieder bewegen. Ohne weiter darüber nachzudenken, wie der Dämon es geschafft hatte, mich so erstarren zu lassen, rannte ich zu der für Dienstboten gemachten Tür und sah hinaus in die Dunkelheit. Doch bis auf die Bäume des Waldes konnte ich nichts entdecken. *Verdammt war der schnell!* Auch wenn ich mich darüber gerne aufregen würde, blieb mir dazu keine Zeit. Schnell rannte ich weiter zu Schwester Trya, um ihr von der Entführung zu erzählen.

Als ich bei ihrem Zimmer ankam, klopfte ich laut an die Tür. Es dauerte nur wenige Sekunden bis sie, nur im Morgenrock gekleidet, vor mir stand. »Nadia. Was kann ich für dich tun? Es ist doch gleich Mitternacht, konnte es nicht bis da warten?«

Ich schluckte. Gut, sie hatte wohl schon geschlafen, so gereizt wie sie war.

»Evelyn wurde entführt«, knallte ich ihr die Wahrheit entgegen.

»WIE BITTE?«, schrie sie laut auf und sah mich entsetzt an.

Also mit einer unschönen Reaktion hatte ich ja bereits gerechnet, doch dass sie gleich losschrie … das hatte ich nun doch nicht erwartet.

Sie trat zur Seite und deutete mir an reinzukommen, was ich natürlich sofort tat.

»E-Ein Dämon hat sie mitgenommen«, stotterte ich unsicher, nachdem sie die Tür hinter uns geschlossen hatte.

Tryas Augen wurden noch größer, falls dies überhaupt möglich war. »Ein Dämon? Nadia, du musst mir alles erzählen, und zwar sofort!«, forderte sie mit strenger Stimme. Ich nickte knapp und begann dann sie über alles zu informieren. *Wobei… vielleicht ließ ich auch ein zwei Details dabei aus.*

»Nadia, du bist sechs Jahre älter als Evelyn! Du hattest mit uns die Pflicht, auf sie zu achten und nun sagst du mir, sie war seit über einem Jahr jede Nacht dort draußen, allein und ohne jegliche Magie?!«, schrie sie aufgebracht.

Ich verstand ihre Sorge, doch irgendwie bekam ich zunehmend das Gefühl, es würde hier um viel mehr gehen als nur um Evelyns Entführung.

»Wie lange sind sie schon weg?«, fragte Trya dann etwas ruhiger.

»Ich würde sagen, etwas über fünf Minuten.«

Die Schwester nickte mehrmals, bevor sie einen Entschluss fasste und mir befahl: »Zieh dir deine Trainingskleidung an und warte in der Eingangshalle. Du wirst mit mir und ein paar anderen Schwestern nach Evelyn suchen.«

Ich war verwirrt. »Ich bin noch eine Junghexe. Ich darf das Kloster nicht vor meiner dritten Prüfung verlassen«, widersprach ich ihr.

Ich quiekte erschrocken auf, als ich plötzlich einen heißen Schmerz auf meiner Wange spürte. Mit Tränen in den Augen blickte ich Trya an. *Sie hatte mich geschlagen! Trya hatte mir tatsächlich eine Ohrfeige verpasst!*

Sanft legte ich eine Hand auf meine brennende Wange und starrte sie schweigend an. »Widersprich mir nie wieder, Nadia! Du wirst mitgehen, schließlich ist es deine Schuld, dass Evelyn weg ist! Zieh. Dich. An. Und. Warte. Unten. LOS!«

Während mir die ersten Tränen die Wangen hinab liefen, rannte ich aus ihrem Zimmer und verzog mich in meinem. Noch nie hatte ich die Schwester so erlebt. Noch nie hatte ich mitbekommen, dass sie die Hand gegen jemanden erhoben hatte. Schnell versuchte ich mich zu fassen. Sie sollte meine Tränen nicht sehen!

Immer wieder atmete ich tief ein und aus, während ich mir meine Trainingskleidung, bestehend aus einer dehnbaren Hose und einem langärmligen Shirt, anzog.

Die Kleidung wurde extra für Junghexen entworfen. Sie besteht aus einem verzauberten Material, welches uns vor jeglichen magischen Angriffen schützen soll. Kein Feuer könnte durch diese Kleidung dringen. Sollten wir die Kontrolle über unsere Magie verlieren, würde der Trainingsanzug uns vor dem Angriff unserer eigenen Magie schützen.

Nachdem ich mich angezogen hatte, sah ich noch einmal in meinen kleinen Handspiegel, wischte mir die Tränen vom Gesicht. Der Spiegel hatte meiner Mutter gehört. Sie war immer der festen Meinung, Dämonen könnten uns nicht durch präpariertes Glas, welches mit Silber überzogen war, beobachten. Auch ich zweifelte diesen Mythos an und obwohl die Schwestern mein Gepäck bei meiner Anreise genaustens geprüft hatten, fanden sie den Spiegel nicht. Ich hielt ihn versteckt, er war die einzige Erinnerung an meine Mutter und wer weiß, ob ich sie jemals wieder sehen würde.

Nachdem ich den Spiegel abermals in meinem Zimmer versteckt hatte, begab ich mich in die Eingangshalle und wartete auf die anderen Schwestern.

Fünfzehn Minuten später hatten Trya, sechs weitere Schwestern und ich uns auf den Weg gemacht. Keiner von uns wusste sicher, wo sich Evelyn genau befand und wo im Wald die Dämonen ein Lager aufgestellt hatten. Trya jedoch hatte eine starke Vermutung, wo sie hingegangen sein könnten.

Schweigend folgten wir ihr und sahen dabei zu, wie die Sonne bereits am Aufgehen war. Dämonen konnten nicht im Sonnenlicht wandern, was bedeutete, es gab eine etwas höhere Chance für uns, Evelyn zu finden!

Bei Jorun! Es tut mir so leid, Evelyn! Ich hätte so viel mehr tun können. Hätte ich dich nicht raus gehen lassen, wäre der Dämon erst gar nicht ins Kloster hineingekommen und hätte somit nie die Gelegenheit bekommen, dich mitzunehmen! Doch eines fragte ich mich noch immer, wieso hatte er überhaupt nach einer Person ohne Magie gesucht?

Dieses Detail, wie auch, dass dieses Monster mich erstarren ließ, hatte ich Trya verschwiegen. Nach der Ohrfeige und ihrem komischen Verhalten empfand ich es als schlechte Idee, ihr davon zu erzählen.

Angestrengt dachte ich darüber nach, was ein Dämon mit einer Hexe, welche kaum Magie besaß, anfangen konnte. Da ich bereits, um Eve zu helfen, einige Alte Schriften durchforstet hatte, wusste ich mit hoher Wahrscheinlichkeit, dass Eve ein ziemlich seltener bis einzigartiger Fall war. Nicht eine der alten Schriften deutete darauf hin, dass es noch mehr Hexen gab, die so wenig Magie besaßen.

Doch bevor ich mich mit dieser Frage weiter beschäftigte, war es erst einmal wichtig, Evelyn wieder zurückzubekommen. Und das werde ich! Selbst wenn ich die Schwestern dafür irgendwie loswerden musste, denn mich beschlich auch jetzt noch so ein komisches Gefühl in ihrer Nähe.

Mein Blick lag auf Trya, während wir durch den Wald marschierten. Noch immer geisterte die Unterhaltung durch meinen Kopf. Wieso kam es mir immer mehr so vor, als wäre Trya eher von dem Verschwinden von Evelyn schockiert als von dem Eindringen des Dämons? Hätte ich ihr nicht nach einer langen Pause gesagt, wie der Dämon ins Kloster kam, wüsste ich nicht, ob sie überhaupt nachgefragt hätte. Außerdem hatte man uns erzählt, dass Dämonen keinen gesegneten Boden betreten könnten und auch das schien Trya mehr oder weniger egal oder nichts Neues gewesen zu sein.

Ich werde die sieben Hexen auf jeden Fall genaustens beobachten und ich hoffte, mein ungutes Gefühl würde sich nicht bestätigen. Denn irgendetwas sagte mir, diese ganze Situation hier würde schon bald eskalieren und das noch mehr als vorhin zwischen mir und Trya.

KAPITEL 13

- EVELYN -

Erschöpft versuchte ich meine Augen aufzuhalten. Wir ritten nun schon mindestens drei weitere Stunden durch den dichten Wald und die zusätzliche Hitze war dabei kaum auszuhalten.

Im Moment würde ich alles für ein kühles Bad geben! Zyran hatte mir zwar etwas zu trinken gegeben und ein Stück gebratenes Fleisch zu essen, doch das hatte gegen die Hitze nicht wirklich geholfen.

Während wir durch den Wald ritten, beobachtete ich die wundervolle Natur um uns herum. Zum ersten Mal konnte ich den Wald untertags genau betrachten. Die Bäume strahlten in einem leuchtenden Grün und zwischendurch konnte man auch die verfärbten Blätter des Herbstes erkennen. Ein paar Mal konnte ich ein Tier in unserer Nähe entdecken, welches sofort davonrannte, als es uns hörte.

Natürlich entgingen mir die Tierkadaver nicht, welche man ab und an sehen konnte. Ich wagte es nicht zu fragen, ob die Tierleichen durch andere Tiere entstanden oder durch dämonische Monster.

»Ich weiß, ich habe hier nichts zu melden, aber könnten wir vielleicht mal eine kurze Pause einlegen«, murmelte ich erschöpft. Die Müdigkeit machte sich immer mehr in mir bemerkbar.

»Damit deine Freunde uns einholen können?«, fragte Fynn mit einem teuflischen Grinsen.

Ich verdrehte die Augen und sah anschließend zu ihm. »Nein. Ich bin müde und mir tun meine Beine weh, ich bin das Reiten nicht gewohnt.«

Irritiert musterte ich die beiden Männer, als sie leise kicherten.

Was war daran bitte lustig? Etwa – oh, bei Jorun! Angewidert verzog ich das Gesicht. Ich hoffte, sie dachten nicht an solch widerwertiges Zeug. Doch ich war mir sicher, die zwei Männer hatten das, was ich in Büchern gelesen hatte, schon hautnah erlebt.

»Wieso hast du denn plötzlich so rote Wangen, Evelyn?«, fragte Fynn.

Ich sah ihm an, dass er wusste, was ich gedacht hatte. Durch sein immer breiter werdendes Grinsen konnte ich mir sicher sein, die zwei hatten wirklich an diese *Sexstellung* gedacht, von welcher ich bereits gelesen hatte.

»Wir machen keine Pause. Doch du kannst dich gerne an mich lehnen und etwas schlafen«, kam es von Zyran, der mich damit mehr oder weniger aus der unangenehmen Situation rettete.

»Lieber falle ich vom Pferd«, knurrte ich.

Fynn schnaubte. »Sei nicht so stur, Evelyn. Entweder du ruhst dich etwas aus, oder du musst eben noch drei weitere Stunden wach bleiben.«

»Fynn hat recht. Keine Sorge, du kannst dich unbesorgt ausruhen, keiner wird dich anrühren oder töten«, hauchte Zyran mir ins Ohr.

Seine Lippen und sein Körper waren mir nun noch näher und sofort machte sich eine Gänsehaut auf meiner Haut bemerkbar. Sein heißer Atem streifte die empfindliche Stelle an meinem Hals und für einen kurzen Moment dachte ich sogar, ich hätte seine Lippen darauf gespürt. Ein Schauder erfasste meinen ganzen Körper.

Automatisch lehnte ich mich etwas zurück und presste meinen Rücken leicht an seine Brust. Ich schloss sogar für wenige Sekunden meine Augen, bis mir wieder bewusst wurde, wer dort hinter mir saß und was ich da gerade tat.

Ruckartig setzte ich mich aufrecht hin und brachte so viel Abstand wie nur möglich zwischen uns. Leise hörte ich ihn hinter mir kichern und obwohl in mir die Wut anstieg, gab ich ihm nicht die Genugtuung. Ich wusste, er tat dies nur um mich zu provozieren, doch das konnte er getrost vergessen.

Als wir jedoch wirklich ungehindert weiter ritten, fiel es mir immer schwerer meine Augen offen zu halten. *Ich war so verdammt müde!* Machten sie das etwa mit Absicht?

Erschrocken riss ich meine Augen auf, noch etwas verwirrt versuchte ich mich zu orientieren. *Bin ich etwa*

eingeschlafen? Shit! Doch das war im Moment egal, viel wichtiger war ... wo zur Hölle war ich?

Es war stockdunkel, was bedeutete ich hatte vermutlich den restlichen Tag durchgeschlafen. Das war nicht sonderlich verwerflich, schließlich wurde ich mitten in der Nacht entführt und hatte seitdem kein Auge mehr zugemacht. Angestrengt versuchte ich mich an die Dunkelheit zu gewöhnen. Langsam probierte ich mich aufzusetzen, doch ich kam nicht sehr weit. Ruckartig fiel ich zurück in eine Decke. Der Schock ließ mich nun vollkommen wach werden. Mit aufgerissenen Augen blickte ich aus meiner liegenden Position an mir hinauf. Wie bereits zuvor sah ich einen dicken Holzbalken, an welchem meine Hände über meinem Kopf festgebunden waren. Als ich mich weiter umsah, stellte ich fest, dass ich mich erneut in einem Zelt befand.

Wie lange hatte ich geschlafen? Hatte bereits ein neuer Tag begonnen? Nervös fing ich an, an dem Seil zu reißen, doch wie auch damals geschah überhaupt nichts. Ich vermutete, dass ich dieses Mal auch kein so großes Glück besaß und mit einem Schlag in das Holz einfach frei wäre, also versuchte ich es erst gar nicht.

»Guten Morgen, oder besser gesagt Guten Abend, liebe Evelyn.«

Mit rasendem Herzen versuchte ich mich ein weiteres Mal aufzurichten, was wie zuvor mit einer schnellen Landung in der Decke endete. Ich blieb also liegen und sah wieder zum Eingang des Zeltes, wo ich Fynn schwach erkennen konnte.

»Was habt ihr mit mir gemacht?«, fragte ich ihn wütend. Ich war mir zwar beinahe sicher, ich bin einfach nur eingeschlafen, doch ganz gewiss konnte ich mir dem nicht sein.

»Wir haben gar nichts gemacht. Dir sind nach etwa zehn Minuten die Augen zugefallen. Hätte Zyran das nicht bemerkt, wärst du uns doch glatt vom Pferd gestürzt. Wir ließen dich schlafen und sind weiter geritten, haben anschließend das Lager aufgebaut und dich in Zyrans Zelt gelegt«, erklärte er ruhig.

Ich hatte nicht damit gerechnet, dass er mir eine so ausführliche Antwort auf meine Frage geben würde.

Doch es erleichterte mich etwas, dass er genau das getan hatte.

»Könntest du mich los machen, oder das Seil zumindest etwas lockern?«, fragte ich zögerlich, da ich noch immer in einer ungemütlichen Position in der Decke lag.

»Das lasse ich dich mit Zyran klären. Ich gebe ihm Bescheid, dass du wach bist.«

Bevor ich ihm antworten konnte, dass ich dieses Arschloch nicht sehen wollte, war Fynn auch schon aus dem Zelt verschwunden.

»Guten Abend Evelyn. Ich hoffe du fühlst dich etwas ausgeschlafen«, säuselte Zyran, als er das Zelt betrat.

Ich sagte nichts darauf.

»Du kannst dich noch etwas ausruhen, wir reiten erst in einer Stunde weiter«, fügte er genauso charmant hinzu.

»Mach meine Hände von dem Holzbalken los«, fuhr ich ihn an.

Ich konnte mich kaum bewegen und die Seile schnürten sich schmerzhaft in meine Handgelenke.

»Dann bitte darum«, schnurrte er.

Wie bitte?! Ganz sicher würde ich das nicht tun!
Dachte er wirklich, ich würde ihn darum bitten?
Nachdem was er bis jetzt alles getan hatte?

»Ich werde dich sicher nicht darum bitten«, sagte ich fauchend und sprach somit meine Gedanken aus.

Er schmunzelte. »Kein Bitte, kein losbinden.«

War das sein verdammter Ernst?!

»Binde mich sofort los!«

»Sag bitte, Evelyn, und ich komme deinem Wunsch sofort nach.«

Ich schloss für einen Moment meine Augen, versuchte die aufkommende Wut unter Kontrolle zu halten. Anschreien würde auch nichts bringen.

»Gut, dann bleibst du eben noch etwas gefesselt. Solltest du deine Meinung ändern oder es erneut schaffen, dich zu befreien, vor dem Zelt steht jemand, um auf dich zu achten. Caleb wird mich auf deinen Wunsch hin herholen oder dich im Notfall einfangen und wieder an den Pfosten binden, verstanden?«

Ohne ihn anzusehen, nickte ich knapp und wartete, bis Zyran sich aus dem Zelt begeben hatte.

Endlich konnte ich wieder richtig durchatmen. Zwar war ich noch immer gefesselt, doch zumindest war kein Dämon mehr direkt vor meiner Nase, welcher mich mit nur einem Handgriff ermorden könnte. Nadia hätte dank ihrer Magie eine größere Chance, ihn in Asche zu verwandeln, doch ich … ich würde das nicht einmal im Traum schaffen. Erneut verfluchte ich mich dafür kaum Magie zu besitzen.

Ich vermisste Nadia. Was sie wohl gerade tat? Suchte sie nach mir? Suchten die Schwestern nach mir? Würden sie mich retten können, bevor ich durch die Hand eines Dämons starb?

Bei Jorun, so etwas sollte ich besser nicht denken! Solche Gedanken machten es doch auch nicht besser, eher schlimmer, denn dadurch kam wieder Panik in mir auf, welche ich in diesen Momenten überhaupt nicht gebrauchen konnte! Bei Jorun! Beruhige dich Evelyn, du schaffst das schon! Aufgeben liegt uns nicht, also fang jetzt erst recht nicht damit an!

Nachdem ich es geschafft hatte, mich zu beruhigen, wurde mir etwas bewusst, was mir im ersten Moment nicht mal annähernd aufgefallen wäre.

»Verdammte Scheiße!«, flüsterte ich und starrte entsetzt an mir hoch.

KAPITEL 14

- EVELYN -

Ich konnte kaum glauben, was ich dort sah. Meine Hände waren nicht mehr gefesselt und somit auch nicht mehr an dem Holzblock befestigt. Wäre der Druck durch das Seil, welches in meine Handgelenke schnitt, nicht verschwunden, hätte ich es vermutlich überhaupt nicht bemerkt.

Wie in Joruns Namen hatte ich das bitte geschafft? Besaß ich womöglich doch etwas mehr Magie als bisher angenommen?

Ich gab mir noch einen kurzen Moment, um meine Hände genaustens zu betrachten und meine etwas schmerzenden Handgelenke zu massieren. Als ich dann wieder zum Eingang des Zeltes blickte, kam mir eine Idee, die mich womöglich hier raus brachte. Schnell legte ich meine Hände wieder so hin, dass es so aussah, als wären sie noch immer gefesselt.

Anschließend rief ich Caleb zu, er solle Zyran holen.

»Natürlich, wartet einen Moment«, antwortete mir der junge Mann und verschwand dann auch schon. Für ein paar Sekunden war ich von seiner förmlichen Anrede etwas irritiert, schaffte es jedoch schnell wieder meine Gedanken zu sortieren.

Mir blieb schließlich nur ein winziges Zeitfenster, um eine hoffentlich erfolgreiche Flucht zu schaffen. Schnell sprang ich vom Boden auf, dabei warf ich das Seil unachtsam hinter mich und rannte dann auf den Ausgang zu. Vorsichtig streckte ich meinen Kopf hinaus. Heute war das Zelt nicht in der Mitte des Lagers errichtet worden, sondern ganz außen und dies war eine große Hilfe für mich. Noch einmal blickte ich mich zur Sicherheit in alle Richtungen um und als ich niemanden sah, rannte ich los, in die Tiefen des Waldes hinein. Dieses Mal entschied ich mich dazu nicht stehen zu bleiben. Ich rannte und rannte, bis ich keine Luft mehr bekam. Dabei versuchte ich die furchteinflößende Dunkelheit um mich herum zu ignorieren. Erneut stolperte ich ein paar Mal über mein Kleid. *Dieses dumme Ding war mir keine große Hilfe.*

Ich war nun schon seit gut fünfzehn Minuten unterwegs und ich stand kurz davor umzukippen. Also verlangsamte ich meine Schritte und versuchte, wieder etwas zu Atem zu kommen.

Mit rasendem Herzen blickte ich mich im Wald um. Ich konnte keinen Dämon sehen, was für mich auf jeden Fall ein Vorteil war. Ein Nachteil jedoch war … ich hatte keine Ahnung, wo ich mich hier gerade befand. Da ich unterwegs eingeschlafen war und ich nicht wirklich wusste, wie lange wir noch geritten waren, konnte ich auch nicht sagen, wo wir genau entlang gegangen sind. Vielleicht sind wir die ganze Zeit geradeaus geritten, oder aber des Öfteren in unterschiedliche Richtungen abgebogen.

Mehrmals drehte ich mich im Kreis, behielt die Umgebung dabei genaustens im Auge. Ich zuckte bei jedem leisen Geräusch zusammen, ob es nun der Wind war oder ein Ast, der leise knackte. Ein leichter Nebel hing in den Blättern der Bäume und ließ die Umgebung noch schauriger wirken.

Vielleicht war es doch keine so gute Idee von mir einfach wegzurennen. Ich schluckte schwer, denn auch wenn ich es nur ungern zugab, meine Überlebenschancen waren in Zyrans Nähe vielleicht doch etwas höher, als sie es jetzt gerade waren.

Klar, er war ein Dämon, doch Fynn hatte zu mir gesagt, sie würden mich nicht umbringen, oder zumindest in nächster Zeit nicht. Ich war in ihrer Nähe also immerhin für eine gewisse Zeit lang sicher. Hier draußen allerdings, mitten im Wald, konnten sich Tausende Monster herumtreiben, die definitiv meinen Tod wollten und ich bin ihnen mit meiner Flucht direkt entgegengelaufen. Doch ich konnte, jetzt auch nicht mehr einfach so zurück zu Zyran gehen. Wer weiß, wie er auf meine erneute Flucht reagierte? Bei Jorun, ich war so dumm!

Um meine Möglichkeiten besser abwägen zu können, fing ich an im Kreis zu laufen und dachte scharf nach. Sollte ich zurückgehen oder weiter rennen in der Hoffnung, keinem Dämon oder Ähnlichem zu begegnen und stattdessen ein Dorf suchen, in welchem ich Schutz finden könnte? Nach etwa drei weiteren

Minuten entschied ich mich für die vermutlich dümmere, aber sichere Variante. Fest biss ich die Zähne zusammen, als ich in die Richtung sah, aus welcher ich gekommen war. Für eine winzige Sekunde schloss ich meine Augen, bevor ich dann mit ganz langsamen Schritten zurück zum Lager des Dämons ging. *O bitte, lass mich diese Entscheidung nicht bereuen und überleben!*

KAPITEL 15

- NADIA -

Pause. Endlich. Nach knapp fünf Stunden zu Fuß unterwegs, machten wir schließlich eine kurze Pause. Trya hatte uns einen kleinen Schlafplatz und ein winziges Feuer gezaubert, um welches wir nun saßen.

Abgesehen von dem Feuer besaßen wir lediglich ein paar Laken. Entweder wir legten uns also auf den Boden, konnten uns dafür aber zudecken oder wir legten uns darauf und besaßen somit keine dünne Decke.

Während der gesamten Zeit, hatte ich versucht, mich im Hintergrund zu halten und wollte mit keinem ein Wort wechseln. Mir reichten schon ihre vorwurfsvollen Blicke. Nachdem Trya den sechs Schwestern erzählt hatte, was vorgefallen war, konnte ich den Hass der Schwestern genaustens auf mir spüren.

Immer dann, wenn Trya meinen Namen bei ihrer Erzählung erwähnte, fühlte es sich so an, als würde sie mir eine weitere Ohrfeige verpassen. Auch bei ihr war der Hass in ihrer Stimme nicht zu überhören und der Schmerz ihrer Ohrfeige war noch immer deutlich auf meiner Wange zu spüren. Ich konnte es mir gut vorstellen, dass die Stelle geschwollen oder gar mit einem blauen Flecken geschmückt war.

»Wie lange sollen wir nach ihr suchen?«, fragte eine der Schwestern und sah dabei zu Trya.

»Bis wir sie gefunden haben!«, brüllte diese.

»Aber wer versichert uns, dass wir sie überhaupt finden werden? Sie könnte auch schon längst tot sein.«

Trya wollte der Schwester bereits antworten, als ihr Blick auf mich fiel und sie ihren leicht geöffneten Mund wieder schloss. »Darüber reden wir später«, murmelte sie leise, um zu vermeiden, dass andere ihre Worte hören konnten, aber ich hatte sie dennoch verstanden.

Sie verschwieg uns also doch etwas. Ich sah die Neugierde in den meisten Gesichtern. Nur Trya und eine der Schwestern, welche ich bis zu dem Vorfall mit

Klayra noch nie gesehen hatte, sahen so aus, als wüssten sie über alles Bescheid.

Mit gerümpfter Nase musterte ich die zwei und wusste nicht so recht, was ich von ihrem Verhalten denken sollte. Doch eines wusste ich ganz sicher, wenn Trya später mit der Schwester darüber sprach – was auch immer das sein mag – werde ich anwesend sein. Und das ohne ihr Wissen.

Ein paar Minuten nach diesem Gespräch hatten sich alle, bis auf Trya, welche Wache hielt, hingelegt. Seitdem war etwa eine halbe Stunde vergangen und ich hörte genau, wie die Schwester neben mir, welche die Fragen an Trya gestellt hatte, aufstand.

Ich wartete noch ein paar Sekunden, bevor ich meine Augen öffnete und beobachtete, wo sie hinging. Gerade noch sah ich sie mit Trya weiter in den Wald gehen, bevor die zwei hinter einem breiten Baum verschwanden. Ich sah zu den Schwestern und als ich mir ziemlich sicher war, dass sie alle schliefen, stand ich auf und begab mich so leise wie möglich in Richtung der zwei Hexen. Mit ausreichend Abstand versteckte ich mich hinter einem Baum, so konnten sie mich nicht sehen und ich konnte sie dennoch einigermaßen gut hören.

»Du willst mir also sagen, dass der Mord an Klayra und die Entführung von Evelyn etwas miteinander zu tun haben?«, fragte die Schwester.

»Klayra war nicht die erste ermordete Hexe in den letzten paar Wochen. Doch diesen Mord konnten wir nicht vertuschen, da Klayras Schrei von vielen Junghexen gehört wurde und sie dazu von vier Schülern gesehen wurde.«

Ich hielt den Atem an. *Es hat mehrere Morde gegeben? Ich wusste Trya würde uns etwas verheimlichen, doch mit so etwas hatte ich nicht gerechnet! Bei Jorun, ein Mord war schon schlimm, aber mehrere?! Das verhieß nichts Gutes.*

»Wie viele Hexen wurden ermordet und wieso?«, fragte die Schwester weiter.

»Es waren drei Lehrer und ein Schüler. Bisher ist es niemandem wirklich aufgefallen, doch ich bezweifle, dass es noch lange so bleiben wird. Die Morde waren eine Warnung an die höheren Ränge, was bedeutet, ich darf dir nicht sagen, warum diese Morde geschahen. Doch eines kann ich dir noch verraten. Der Dämon, welcher Evelyn entführt hat, wird sie nicht töten und er wird sie auch nicht einfach in die Hölle bringen.«

»Wohin dann?«

»Er wird sie ins Schloss der dunklen Seelen bringen.«

Das Schloss der dunklen Seelen? Ich dachte immer das wäre nur eine Legende. Ich hatte schon des öfteren davon gelesen, doch nie hatte ich es für real gehalten. Laut den Büchern soll dort der Teufel persönlich leben und seine Opfer im Schloss gefangen halten. Niemand der je dort hinein gegangen war, kam wieder raus. Der Dämon hat Evelyn also nicht nur entführt, er wird sie auch noch zu einer Sklavin der Hölle machen!

Bei Jorun, ich musste sie so schnell wie möglich finden! Doch ich hatte keine Ahnung, wo sich dieses Schloss befand, ich konnte also nicht so einfach von hier verschwinden. Ich musste mir einen Plan überlegen und diesen dann bei der erstbesten Möglichkeit nutzen. Denn auch wenn Trya offensichtlich alles dafür tat, um Evelyn zu finden, beschlich mich weiterhin ein ungutes

Gefühl und ich war mir nicht sicher, ob es so viel besser war, wenn sie Eve in die Finger bekommt.

Verdammt, Eve war wie eine kleine Schwester für mich, ich konnte nicht zulassen, dass man ihr etwas antat! Ich werde sie finden und beschützen, koste es, was es wolle!

KAPITEL 16

- Zyran -

Als wir bei dem Zelt ankamen, wusste ich bereits, sie war weg. *Dieses kleine, freche Ding ist schon wieder abgehauen!* Ich riss den *Vorhang* des Zeltes zur Seite und sah in das leere Innere. Es wunderte mich nicht wirklich, dass sie sofort eine weitere Chance genutzt hatte. Noch sah sie mich als ihren größten Feind an. Doch schon bald wird sich das ändern! Erst als ich genauer hinsah, bemerkte ich das Seil auf dem Boden. *Wie hatte sie es bitte losbekommen?* Verblüfft und etwas irritiert zugleich starrte ich es ein paar weitere Sekunden an. *Gar nicht schlecht! Die Kleine war also nicht ganz magielos, das war definitiv eine sehr gute Nachricht.*

»Soll ich ein paar Leute losschicken und nach ihr suchen lassen?«, fragte Caleb, welcher vor ihrem Zelt positioniert war und mich auf ihre Bitte hin geholt hatte. Ich schüttelte meinen Kopf. »Ich kann sie noch hören. Packt schon mal alles zusammen, ich bin in etwa zehn Minuten wieder mit ihr hier.«

Caleb nickte und rief dann auch schon den anderen meine Befehle zu. Sofort fingen alle an, die Zelte abzubauen.

Ich dagegen fing an, mich genaustens auf Evelyn zu konzentrieren. Sie befand sich ziemlich weit weg von uns. Dies ließ mich erneut staunen, da ich nicht damit gerechnet hatte. *In dieser Situation war es doch wirklich gut, ein Dämon zu sein.* Mit schnellen Schritten durchquerte ich den Wald, bis ich nach wenigen Sekunden nur noch ein paar Meter von ihr entfernt stand. Damit sie mich nicht direkt sah, versteckte ich mich hinter einem großen Baum. Ich hob eine Augenbraue, als ich ihr dabei zusah, wie sie immer wieder im Kreis lief.

Also das mit der Flucht sollten wir nochmal üben, denn wenn sie jedes Mal stehen blieb, würde sie mir auf gar keinen Fall entkommen – nicht, dass das möglich wäre – jedoch hätte sie eine etwas höhere Chance, wenn sie durchgehend in Bewegung blieb. Sie war bereits einige Meter vom Lager entfernt, sie hätte eine beinahe perfekte Flucht schaffen können, wieso also stand sie nun hier?

»Vielleicht war es doch keine so gute Idee von mir, einfach wegzurennen«, lauschte ich ihren Gedanken. Ein breites Grinsen schlich sich auf meine Lippen, als ich ihr dabei zuhörte, wie sie mich als bessere Option zum Überleben bezeichnete. Obwohl ich gehofft hatte, dass dies irgendwann geschah, hatte ich nicht damit gerechnet, dass Evelyn in die Richtung sah, in welcher sich das Lager befand und dann tatsächlich mit langsamen Schritten darauf zuging. Ich beschloss, mich noch nicht zu zeigen, ich wollte zuerst sehen, ob sie wirklich zurückging oder ob sie es sich gleich noch einmal anders überlegte. Mein Grinsen wurde breiter, als Evelyns Schritte immer schneller wurden und sie dem Lager näher kam.

Es waren mittlerweile noch etwa hundert Schritte, bis sie es erreichen würde. Ich beschloss jedoch, mich vorher noch zu zeigen. Absichtlich trat ich auf einen kleinen Ast, welcher durch mein Gewicht sofort laut knackte. Ruckartig drehte sich Evelyn in meine Richtung um und sah mich mit großen Augen an. »Verflucht!«, gab sie keuchend von sich und legte dabei die flache Hand auf die Stelle, wo ihr Herz lag.

»Dein Fluchtversuch hielt aber nicht sehr lange an. Aber es ist schön zu sehen, dass du freiwillig zu mir zurückkommst.«

»Wie ich schon mal sagte, mit freiwillig hat das hier nicht viel zu tun, doch bei dir zu bleiben, ist eine deutlich bessere Option, um zu überleben als irgendwo im nirgendwo.«

»Ich bin bei allem eine bessere Option.«

Mit einem verwirrten Ausdruck verzog sie ihr Gesicht und ich konnte, ohne ihren Gedanken lauschen zu müssen, sehen, dass sie meine Worte nicht verstand. Während sie darüber nachdachte, war sie so in Gedanken vertieft, dass sie erst gar nicht bemerkte, wie ich ihr näherkam. Sie realisierte es erst, als ich ihr Kinn zwischen meinen Daumen und meinen Zeigefinger nahm und sie mit sanfter Gewalt dazu zwang, mir in die Augen zu sehen.

»Was meinst du damit?«, hauchte sie völlig außer Atem.

Ich kam ihrem Gesicht immer näher, nur noch wenige Zentimeter trennten unsere Lippen voneinander. Ich schmunzelte. »Ich könnte es dir zeigen, doch ich weiß, dass du dafür noch nicht bereit bist.«

*»Redete er etwa vom Küssen? Oder hatte er wieder solch verwerfliche Gedanken wie auf dem Pferd? Oder noch schlimmer … dachte nur ich an solch verwerfliche Dinge und er sprach von etwas **vollkommen** Normalem?«,* hörte ich sie laut in Gedanken fragen.

»Willst du, dass ich es dir zeige?«, fragte ich sie mit rauer Stimme. Ich hörte, wie ihr Herz raste, hörte ihre Gedanken wirr durcheinander schreien. Sie war kurz davor mit dem Kopf zu nicken, als sich plötzlich ihre ganze Haltung änderte und sie mich von sich stieß. Ich ließ dies zu, denn sind wir ehrlich, wenn ich das nicht gewollt hätte, hätte sie es auch nicht geschafft.

»Nein«, knurrte sie und brachte noch mehr Abstand zwischen uns. »Wie kommt es eigentlich, dass du immer hinter mir auftauchst? Wenn du mich nicht umbringen willst, solltest du das wirklich lassen!«, sagte sie fauchend und versuchte damit geschickt das Thema zu wechseln. Ihrer abwertenden Haltung nach zu urteilen, könnte ich ihr das Desinteresse beinahe abkaufen. Doch Schnelligkeit und guter Gehörsinn waren nicht die einzigen Fähigkeiten, die ein Dämon besaß.

O Prinzessin, ich kann deinen süßen Nektar, welcher aus deiner Pussy läuft, genau riechen und würde ich deine scheuen Gedanken gerade nicht so laut hören, würde ich dich hier und jetzt einfach nehmen!

Ich spürte meinen harten Schwanz deutlich in meiner Hose und ihr betörender Geruch machte es nicht gerade leichter für mich. *So abwertend, wie du mich gerne finden würdest, findest du mich gar nicht. Bereits bei unserer ersten Begegnung hatte ich deine Gedanken hören können und ebenso, als wir in der Bar saßen und uns etwas unterhielten. Auch ich empfand dies so und das, obwohl ich dein Gesicht zu dieser Zeit noch nicht gesehen hatte, fühlte mich zu dir hingezogen. Nun, da ich weiß, wer du bist und wie du aussiehst, hat sich dieses Gefühl nur noch verstärkt.*

Ich musste leicht schmunzeln, als ich an das Gespräch dachte. Sie hatte kaum ein Wort gesagt, während ich ihr mitteilte, wie gerne ich die Welt bereisen würde und dass ich dies tun würde, sobald ich meine Aufgabe erledigt hatte. Als ich ihr davon erzählt hatte, hatte sie genaustens meine Mimik und mein Aussehen studiert. Vermutlich kann sie sich an meinen kleinen Hinweis gar nicht mehr erinnern. Klar, sie wusste nicht, dass ich von ihr gesprochen hatte. Nun, ich wusste zu diesem Zeitpunkt auch noch nicht, dass sie diejenige war, die ich suchte. Doch hatte ich ihr mehr oder weniger einen kleinen Tipp gegeben, dass ich von dort nicht so schnell verschwinden würde.

Noch immer sah Evelyn zu mir auf und musterte meine Gesichtszüge. Nachdem sie keine Anstalten machte weiterzugehen oder sich auch nur zu rühren, beschloss ich ihr doch zu antworten, auch wenn sie mir nicht wirklich eine Frage gestellt hatte.

»Ich bin dir gefolgt.«

»Mir gefolgt? Das kann nicht sein. Der Kerl vor meinem Zelt war gerade erst verwunden, da war ich schon in diesem Wald. Auch wenn du schnell bist, so schnell bist du nun doch nicht!«

Ich schmunzelte. »Gut möglich. Doch die Wahrheit würdest du mir sowieso nie glauben.«

»Ist dem so? Versuch es doch mal.«

»Ich bin deinen Gedanken gefolgt«, schnurrte ich und sah dabei zu, wie ihr die Gesichtszüge entgleisten.

»Du – was?«, stotterte sie verwirrt. Ich konnte die tausenden Fragen in ihrem Kopf deutlich hören, doch ich wollte ihr noch nicht alles sagen. Wie ich es bereits erwähnt hatte, erst wenn die Zeit dazu gekommen ist. Aber im Moment war es dafür zu unsicher, noch dazu war eine vielleicht doch noch gelingende Flucht bei ihr nicht ganz auszuschließen.

Plötzlich sah sie mich so an, als hätte sie meine Gedanken gelesen, allerdings wusste ich, dass sie dies nicht getan hatte. Dennoch konnte ich mir das leise Kichern nicht verkneifen, als sie sagte: »Lass mich raten. Wenn die Zeit dazu gekommen ist, werde ich es erfahren.«

»Du lernst schnell, Kleines. Und jetzt, hopphopp wir müssen zurück zu den anderen sie warten schon auf uns.« Ich sah, wie sie ihre Augen verdrehte, während sie sich von mir abwandte und weiter auf das Lager zuging. Noch immer drückte mein harter Schwanz gegen meine Hose und als mein Blick auf ihren süßen Hintern fiel, welcher sich deutlich in ihrem Kleid abzeichnete, wusste ich, es würde sich so schnell nichts daran ändern.

KAPITEL 17

- EVELYN -

Auch jetzt erstaunte mich die Schnelligkeit der Dämonen, denn als Zyran und ich zurück im Lager ankamen, war dieses bereits wieder abgebaut und alle waren bei ihren Pferden. »Nun, deine Fluchtversuche sind nicht sehr erfolgreich«, ertönte eine mir mittlerweile bekannte Stimme.

»Oh, dieser hätte sogar erfolgreich werden können, wäre sie nicht freiwillig wieder umgedreht, um zu uns zurückzukommen«, antwortete Zyran Fynn.

Fynn hob eine Augenbraue und sah interessiert zu mir. »Wirklich? Das ist doch mal interessant.«

Und erneut verdrehte ich meine Augen.

»Wohin reiten wir?«, versuchte ich es erneut, wobei ich bereits darauf gefasst war, keine Antwort zu erhalten.

»Zum Schloss der dunklen Seelen«, meinte Zyran.

Entsetzt blickte ich zwischen den beiden Männern hin und her. Hatte er gerade wirklich Schloss der dunklen Seelen gesagt?

»Dieses Schloss gibt es nicht. Das sind doch nur Geschichten«, murmelte ich.

»Vampire sind auch nur Geschichten, doch diese hast du geglaubt. Wieso dann nicht auch an das Schloss glauben?«, gab Zyran zurück.

»Ihr nehmt mich auf den Arm.« Beide schüttelten synchron ihren Kopf.

»Ich dachte, ich komme dir ein wenig entgegen, dafür das du freiwillig zurückgekommen bist. Deshalb sage ich dir, wohin wir reisen«, meinte Zyran und zuckte dabei mit den Schultern.

Ich musste zugeben, er hatte mit seinen vorherigen Worten gar nicht so unrecht. Wieso an andere Geschichten glauben welche vermutlich gar nicht stimmten aber an diese hier nicht?

Schwer schluckte ich. Wenn es dieses Schloss wirklich gab und er vorhatte mich dort hinzubringen, war es vermutlich doch keine gute Idee von mir zu ihm zurückzukehren. In den Geschichten wird gesagt, es wäre der Eingang zur Hölle und mehr oder weniger das Zuhause des Teufels. Niemand, der es je betreten hatte, kam wieder heraus!

»Bevor du gleich wirklich noch einen Herzinfarkt bekommst, kann ich dich beruhigen, Lucifer lebt nicht in diesem Schloss«, gab Zyran schmunzelnd von sich.

Na, wirklich beruhigend war das nicht, doch zumindest hatte ich nun eine Sorge weniger, wenn ich Zyran denn wirklich glauben konnte. Schließlich waren Dämonen nicht gerade für ihre wahrheitsgemäßen Antworten bekannt. Noch dazu verängstigte mich die Sache, was das Gedanken hören betrifft. Konnte er wirklich so etwas wie meine Gedanken hören, oder war das nur ein Scherz, um mich zu verunsichern, damit ich keine weiteren Fluchtversuche mehr startete?

Mir lief es eisig den Rücken hinab. Wenn dieses Monster wirklich Gedanken lesen konnte, was hatte er dann bereits alles gehört und erfahren?

»Zyran! Ich habe die Kleidung, die du von mir wolltest«, ertönte plötzlich eine weibliche Stimme hinter mir. Erschrocken fuhr ich zusammen und als ich mich umdrehte, blickte ich direkt in ein Paar dunkelbraune Augen.

Eine wunderschöne, junge Frau kam auf uns zu, die ich bisher noch nie gesehen hatte. Dass ich die Frau bisher noch nicht gesehen hatte, oder mir nicht aufgefallen war, erschreckte mich eher weniger. In den letzten Stunden war ich mehr mit mir selbst und meinen zwei Fluchtversuchen beschäftigt.

Als sie meinen Blick bemerkte, lächelte sie mich breit an und sofort fielen mir die spitzen Eckzähne auf, welche unnatürlich lang aussahen. Sie war also auch ein Dämon, oder zumindest etwas in der Art. Denn wenn ich mir die Eckzähne von Fynn und Zyran ansah, glichen diese eher den meinen.

»Die Kleidung ist für Evelyn«, riss mich Zyran aus meinen Gedanken. Ich hob meine Augenbrauen und blickte anschließend auf meine derzeitige Kleidung hinab. Obwohl ich wusste, was ich trug, hatte ich das Gefühl irgendetwas würde daran nicht stimmen. Denn abgesehen von ein paar wenigen Dreckspuren und einem kleinen Riss an der Unterseite meines Kleides, konnte ich keine wirklichen Makel sehen.

Skeptisch blickte ich zu Zyran auf. »Was stimmt nicht mit meiner Kleidung?«

»Mit deiner Kleidung ist alles in Ordnung, jedoch denke ich, wirst du dir auf der Reise in Hosen leichter tun als in deinem Kleid.«

Die mir unbekannte Frau drückte mir die Kleidung in meine Hände.

»Jade wird mit dir etwas weiter in den Wald gehen, ein wenig abseits von uns, damit du dich nicht vor allen hier entkleiden musst.« Zyran deutete uns an, loszugehen und sofort folgte ich der schönen Frau.

Ihr Haar war lang und dunkelbraun, welches jedoch vor allem im Licht leicht rötlich schimmerte. Sie besaß eine schlanke Figur und eine mit kleinen Sommersprossen befleckte Haut. Außerdem trug sie eine dunkelbraune Stoffhose, schwarze Stiefel und ein dunkelbraunes Hemd.

Als wir hinter einem breiten Baum ankamen, deutete sie mir an, mich zu entkleiden.

»Wo soll ich mein Kleid hintun?«, fragte ich sie.

»Das gibst du einfach mir, ich kümmere mich darum.«

Nachdem ich nur noch mein dünnes Spitzenunterkleid und meinen Slip anhatte, reichte ich ihr das Kleid und zog mir die hellbraune Hose und das weiße Hemd an, anschließend stieg ich wieder in meine Stiefel.

»Geh zurück zu Zy, ich kümmere mich um dein Kleid.«

Zy? Noch kein einziges Mal hatte ich ihn jemand so nennen hören. War sie seine Freundin? Frau? Schwester? Nein, Geschwister waren sie definitiv keine, dafür sahen sie zu unterschiedlich aus.

Während ich langsam zurück zu Zyran ging, beobachtete ich Jade weiterhin im Augenwinkel. Ich keuchte erschrocken, als sie mein Kleid plötzlich anzündete und die Asche dann in den Boden trat.

»Hat das sein müssen?«, fragte ich Zyran, als ich bei ihm ankam.

Bevor er mir antwortete, sah ich, wie er meinen Körper genaustens in der neuen Kleidung musterte. Sein intensiver Blick brannte auf meiner Haut und während ich mich immer unwohler fühlte, fing ich an, von einem auf das andere Bein zu treten.

»Sobald wir im Schloss ankommen, wirst du frische Kleidung erhalten, das Kleid brauchst du nicht mehr und wäre nur unnötiges Gewicht für die Pferde gewesen«, meinte er schließlich, wobei sein Blick noch immer auf meinem Körper lag. Für einen kurzen Moment fiel mein Blick zwischen seine Beine und ich schluckte schwer, als ich die deutliche Beule erkannte.

»Weiter geht's!«, riss Zyran mich aus meinem erstarrten Blick. Sofort schoss mir die Röte in die Wangen, da ich mich irgendwie ertappt fühlte. Meine Augen wanderte zu Fynn und als dieser mir einen vielsagenden Blick zuwarf, wusste ich, er hatte genau gesehen, worauf meine Aufmerksamkeit gelegen hatte. Doch das Schlimmste daran war, wenn Zyran wirklich meine Gedanken hören konnte, wusste auch er, wo ich hingesehen hatte. Ansonsten würde Fynn es ihm bei der ersten Gelegenheit mitteilen. *Oh, man ...*

Kapitel 18

- Evelyn -

Über zwei Stunden waren wir nun schon wieder unterwegs. Es war noch immer dunkel und der Wald löste weiterhin eine Gänsehaut bei mir aus. Vorhin konnte ich noch leise Geräusche im Wald vernehmen. Nun war es totenstill um uns herum. Kein Wind pfiff mehr durch die Blätter der Bäume, nicht einmal das Geräusch eines Tieres war zu hören. Nur mein leiser Atem und das Hufgetrappel der Pferde.

Das einzig Gute war, dass ich meine Hände noch immer frei bewegen konnte. Es wunderte mich, dass er noch nicht angesprochen hatte, wie ich mich von den Fesseln befreien konnte.

Wollte er denn nicht wissen, wie ich mich von den Fesseln lösen konnte? Oder wusste er sogar, dass ich ohne meines Wissens Magie angewandt hatte?

Andernfalls könnte es auch daran liegen, dass ich mehr oder weniger freiwillig zu ihm zurückgegangen bin und er sich nun sicher war, ich würde keinen weiteren Fluchtversuch mehr starten.

Allgemein hatte er bisher kaum ein wirkliches Wort mit mir gewechselt. Er fragte nichts, er verlangte nichts und er gab mir auf beinahe gar nichts eine richtige Antwort. Es ergab für mich keinen Sinn und so langsam ärgerte mich dies. Weshalb sagte er nichts? Wieso fragte er nichts? Wieso jemanden entführen und dann nichts von ihm verlangen?

Wie bereits vor wenigen Tagen spürte ich sofort wieder die leicht aufkommenden Kopfschmerzen. Erschrocken zuckte ich zusammen, als ich Zyran leise hinter mir lachen hörte und er kurz darauf eine Hand auf meinem Oberschenkel legte.

»Stell ruhig deine Fragen, bevor dein Kopf gleich noch explodiert.«

Das ließ ich mir kein zweites Mal sagen!

»Wieso hast du mich mitgenommen? Nach was genau suchst du, oder hast du gesucht? Denn seit ich hier bin, hast du mir nicht eine Frage gestellt oder dich wie ein richtiger Entführer verhalten!«

»Weil das hier keine Entführung ist.«

Ich hob meine Augenbrauen. Was soll das denn bitte heißen? Wenn es keine Entführung sein sollte, was dann?

»Wieso bringst du mich in das Schloss der dunklen Seelen?«, fragte ich weiter, denn ich befürchtete bereits, mehr als diese sechs Worte würde ich auf meine vorherige Frage nicht erhalten.

»Ich wohne dort.« Wieder nur so eine knappe Antwort.

»Du wohnst dort?«

»Ja. Wenn ich nicht in der Unterwelt bin, lebe ich die meiste Zeit dort.«

»Bevor du mich *entführt* hast, meintest du, du würdest nach etwas Bestimmten suchen, nach einer bestimmten Person, was lässt dich so sicher sein, dass ich diese Person bin?«

»Das wirst du noch von ganz allein herausfinden.«

Ich verdrehte genervt meine Augen. Konnte dieser Kerl auch mal normal antworten? »Du meintest es gibt keine Vampire, gibt es denn überhaupt andere Kreaturen, außer Dämonen?«, versuchte ich es mit einer weiteren und neuen Frage.

»Ja«

Wütend über seine Antworten, drehte ich mich, soweit es mir auf dem Pferd möglich war, zu ihm um und sah ihn finster an. »Du sagst, ich soll dir Fragen stellen, gibst mir jedoch auf keine eine Antwort!«, maulte ich ihn an.

»Ich antworte dir doch.«

»Was hat das bitte mit antworten zu tun? Ich stelle dir eine Frage, auf welche du mir eine Antwort gibst, die keine Frage beantwortet!«

»Du bist noch nicht so weit.«

»Ich bin noch nicht so weit?!« So langsam platzte mir wirklich der Kragen! »Woher möchtest du denn bitte wissen, ob ich so weit bin? Ob du nun Gedankenlesen kannst oder nicht, so etwas kannst du nicht beurteilen!« Wütend funkelte ich ihn an, bevor ich meinen Blick wieder nach vorne richtete.

»Du denkst du bist so weit?«, hauchte er plötzlich dicht an meinem Hals. Wie bereits so oft in seiner Nähe, verspürte ich an meinem ganzen Körper eine Gänsehaut.

»Wir werden noch ein letztes Mal unser Lager aufbauen, sobald es steht, werden wir zwei uns richtig unterhalten und dann werden wir ja sehen, ob du wirklich bereit bist.« Sein heißer Atem strich über meine empfindliche Haut und ich konnte mir ein leises Keuchen nicht verkneifen.

Verdammt, was macht dieser Dämon nur mit mir, dass ich so auf ihn reagierte?

»Deine letzte Chance, alles zurückzunehmen und Nein zu sagen. Sobald wir anhalten, um das Lager aufzustellen, gibt es kein Zurück mehr!«, raunte er in mein Ohr und streifte meinen Hals mit seiner Unterlippe.

»Ich werde nichts zurücknehmen. Wenn ich schon gekidnappt werde, dann will ich zumindest wissen wieso«, brachte ich noch einmal zum Ausdruck.

»Gut, dann soll es so sein.«

KAPITEL 19

- EVELYN -

Als Zyran den letzten Halt verkündete wurde ich doch etwas nervös. Wie ein Gentleman half er mir vom Pferd hinab und befahl mir bei Fynn zu bleiben. Obwohl ich diese Idee nicht befürwortete, tat ich was er von mir verlangte. Noch immer waren meine Hände von den Seilen befreit und allein dadurch kam ich mir schon weniger wie eine Gefangene vor.

»Willst du jetzt die ganze Zeit da stehen bleiben oder hilfst du mir beim Aufbau des Zeltes?«, fragte mich Fynn und deutete auf das gefaltete Stück Stoff.

Ich hob eine Augenbraue. »Du bist ohne mich viel schneller.«

Er schmunzelte.

»Ist doch egal. Wir können uns dabei etwas unterhalten, vielleicht glaubst du uns dann eher, dass wir dir nichts tun wollen.«

»Ihr habt mich ent–«

»Entführt? Wie Zyran bereits sagte, es war nicht wirklich eine Entführung, aber das wirst du alles früher oder später verstehen«, unterbrach er mich.

»Wieso zögert ihr die Erklärung dazu so lange hinaus? Wäre es nicht logischer, mir einfach zu sagen, was daran keine Entführung sein soll?«

Bevor er mir darauf eine Antwort gab, schmiss er mir ein kleines Säckchen entgegen. »Schlag die doch schon mal in den Boden, wir können uns auch während des Aufbaus noch unterhalten.«

Mit einem genervten Knurren holte ich die Haken für das Zelt heraus, damit dieses am Ende nicht umfallen konnte.

»Wir werden dir alles erklären, sobald du uns ein wenig vertraust. Ohne Vertrauen würdest du alles anzweifeln, was wir dir sagen, das wäre also das komplette Gegenteil davon, was wir bei dir erreichen wollen. Außerdem hat Zyran hier das Sagen und er entscheidet, was wir dir sagen dürfen und was du noch nicht erfahren darfst.« Er machte eine kurze Pause, bevor er hinzufügte: »Doch sieh es mal positiv, sobald die Zelte stehen und Zyran alles weitere mit uns besprochen hat, wirst du ein paar Dinge über uns erfahren. Ist das nicht zum Vorteil für uns alle? Ich meine, ein kleiner Fortschritt ist es auf jeden Fall.«

Ich zuckte nur mit den Schultern, da ich ehrlich gesagt nicht wusste, was ich von dem Ganzen halten sollte. Wie Fynn schon sagte, es könnte ein Vorteil sein, jedoch könnte es genauso auch ein Nachteil sein, schließlich hatte ich keine Ahnung, was Zyran mir mitteilen und preisgeben wollte. Noch dazu könnte auch alles gelogen sein! Er könnte damit nur mein Vertrauen gewinnen wollen und mich manipulieren!

Fynn und ich hatten zusammen etwa fünfzehn Minuten gebraucht, bis wir das Zelt fertig aufgebaut hatten. Er hatte natürlich extra etwas langsamer gearbeitet, damit ich mit ihm mithalten konnte und es zumindest so aussah, als hätte ich ihm geholfen. Im Endeffekt jedoch hatte ich nur die Halterungen in den

Boden geschlagen und alles gehalten, was Fynn brauchte.

»Komm«, meinte er plötzlich und deutete mir an, zu dem großen Zelt zu gehen, welches ich mittlerweile schon viel zu gut kannte. Fynn ging voran, blieb aber dennoch dicht bei mir. Desto näher wir dem Zelt kamen, desto nervöser wurde ich. Vielleicht war meine große Klappe doch nicht die beste Idee. *Verdammt Evelyn! Wieso konntest du nicht einmal den Mund halten?!*

Als Fynn bemerkte, wie ich meine Schritte verlangsamte, drehte er sich mit einem teuflischen Grinsen im Gesicht zu mir um. »Bekommst du nun doch etwas Angst?« Ich schnaubte. *Als würde ich ihm die Wahrheit sagen.* Doch man konnte ihn genauso wenig wie Zyran täuschen und natürlich wusste er, wie unbehaglich ich mich fühlte. Es war, als ob er mich nur ansehen musste und sofort wusste, was ich dachte. Es fühlte sich anders an, es war eine andere Art von Verbindung, welche ich in Fynns Gegenwart spürte. Es war nicht die gleiche wie mit Zyran, doch sie war genauso anstrengend und nervig.

»Na komm. So schlimm wird es nicht.« Er nahm meine Hand, hakte sie bei sich ein und zog mich dann mit sanfter Gewalt hinter sich her. Ohne sich irgendwie bemerkbar zu machen, schob er den Vorhang des Zeltes zur Seite und trat mit mir ein. In der Mitte befanden sich zwei dicke Holzklötze, welche als Hocker dienen sollten und auf einem davon hatte es sich Zyran gemütlich gemacht.

»Setz dich, Evelyn«, befahl Zyran mir mit sanfter Stimme und deutete auf den Balken schräg vor sich.

Aus Nervosität krallte ich meine Nägel unbewusst in Fynns Unterarm. Obwohl er eigentlich mein Feind sein sollte, oder besser gesagt war, fühlte ich mich im Moment am sichersten bei ihm. Fynn schien dies zu merken. *Natürlich, schließlich bohrten sich gerade meine Nägel in seine Haut.*

Mit mir weiterhin am Arm ging er zu Zyran und deutete mir ebenfalls an, mich zu setzen. Schwer schluckte ich, als ich mich von Fynn trennte und mich auf den Hocker, welcher sich nur einen halben Meter von Zyran entfernt befand, fallen ließ. Fynn blieb mehr oder weniger vor uns stehen. Erschrocken zuckte ich zusammen, als das Zelt erneut geöffnet wurde und Jade eintrat. Diese stellte sich schweigend neben Fynn. Etwas ängstlich blickte ich zwischen den Dreien umher. *Was hatten sie nun vor? Wollten sie mir doch etwas antun?*

Als Zyran zum Reden ansetzte, hielt ich automatisch den Atem an. *Wieso hatte ich nur nicht meine Klappe gehalten?! Das hier konnte ja nur schief gehen. Bei Jorun, ich war so ein Idiot.*

KAPITEL 20

- EVELYN -

»Also gut. Du wolltest etwas über uns und all das hier erfahren. Ich bin bereit dir ein wenig zu erzählen«, fing Zyran die Unterhaltung an. »Für den Anfang werde ich dir etwas von uns Dreien erzählen.«

Ich blinzelte mehrmals. Er erzählte mir etwas über sich, Fynn und Jade? Wow! Also damit hatte ich nun überhaupt nicht gerechnet! Als Zyran nichts sagte und mich nur schweigend ansah, nickte ich einmal, um ihm zu zeigen, dass er fortfahren konnte.

»Fangen wir mit Jade an«, sprach er und deutete auf sie. »Jade ist ein Dämon. Genauer gesagt, gehört sie zu den niederen Dämonen, welche wir als Schutzdämonen bezeichnen. Es gibt unterschiedliche Arten von niederen Dämonen, doch dazu kommen wir ein andermal. Einen niederen Dämon kannst du an auffälligen Merkmalen oder an den Augen erkennen. Meist sind es die Zähne oder die langen Fingernägel, welche Krallen ähnlich sehen und ihre Augen sind immer dunkelbraun oder schwarz.«

Er machte eine kurze Pause und musterte meine Gesichtszüge. »Die Schutzdämonen besitzen wie alle Dämonen Magie, jedoch nicht so viel wie andere höhere Dämonen. Sobald sie die Unterwelt verlassen, können sie nicht so einfach ihre auffälligen Merkmale verstecken. Die höheren Ränge dagegen schon. Deshalb kannst du bei ihr die spitzen Zähne sofort erkennen.« Demonstrativ lächelte Jade mich an und fuhr mit der Zunge über besagte Eckzähne. »Außerdem gehören sie anfangs keinem Volk der Unterwelt an. Sie können ihren Meister wählen und sind ihm dann durch einen Schwur treu ergeben. Sollten sie ihn brechen, sterben sie und das endgültig. In der Hölle gibt es genau vier Völker, doch das ist eine längere Geschichte und die werde ich dir an einem anderen Tag erzählen.«

Zyran machte eine weitere kurze Pause und gab mir Zeit, alles zu verarbeiten. Gut, es war noch nichts wirklich Schlimmes dabei und von ein paar Dingen hatte ich bereits schon einmal etwas gehört. Ich war also noch nicht wirklich mit den Neuigkeiten überfordert.

Als Zyran merkte, dass ich nicht ausrastete, oder Anstalten zur Flucht machte, deutete er auf Fynn und fuhr fort: »Fynn ist ein Höllenhund–«

Erschrocken verschluckte ich mich an meiner eigenen Spucke und fing an, laut zu husten. *Bei der Urhexe Jorun! Nun nahm er mich doch wirklich auf den Arm! Ein Höllenhund? Verdammte Scheiße! Das war's mit meiner ruhigen Miene.*

»Ein Höllenhund?«, fragte ich krächzend, nachdem ich mich etwas beruhigt hatte. Ich hoffte, er würde jeden Moment noch anfangen zu lachen, um mir zu sagen, dass er mich nur auf den Arm nehmen wollte, doch sein Blick blieb ernst, genau wie der von Jade und Fynn.

»Ja, ein Höllenhund und nein, ich erlaube mir gerade keinen Scherz, ich meine dieses Gespräch vollkommen ernst.«

Schwer schluckte ich. »Dann kannst du dich richtig in einen Hund verwandeln?«, fragte ich mit gerunzelter Stirn an Fynn gewandt.

Fynn schmunzelte. »Ja und nein. Wie ein normaler Hund - und ich bin mir sicher genau so stellst du dir mich gerade vor - sehe ich nicht aus. Aber ja, ich kann mich in ein hundeähnliches Monster verwandeln.«

Hatte er sich gerade selbst als Monster bezeichnet? Sehr ironisch.

»Er bezeichnet sich als Monster, weil er genau das ist, wenn er sich vollkommen verwandelt«, antwortete Zyran auf meine Gedanken.

Ein eiskalter Schauer lief mir den Rücken hinab. Es war erschreckend, dass Zyran offensichtlich meine Gedanken lesen konnte.

»Was kann ein Höllenhund?«, fragte ich in die Runde.

»Ich bin so etwas wie Zyrans General. Bevor ich ein Höllenhund wurde, war ich ein Nichtmagier. Ein normaler Mensch, ohne besondere Fähigkeiten. Ich habe mich im Alter von zwanzig Jahren mit einer tödlichen Krankheit angesteckt und kurz vor meinem Tod tauchte er bei mir auf. Er bot mir einen Deal an und mir schien diese Lösung eine bessere Variante zu sein, als zu sterben. Ich schloss einen ziemlich starken Bluthandel mit ihm. Denn jeder hohe Dämon kann nur einmal jemanden wählen, um ihn zu einem Höllenhund zu machen. Ich bin sozusagen seine tödliche Waffe, bevor er in den Krieg zog. Und bin für den Schutz eines Volkes der Unterwelt zuständig. Somit bin ich also Botschafter, Krieger, Waffe und mittlerweile auch sein bester Freund«, erklärte mir Fynn. Trotz seiner guten Erklärung hatte ich noch immer Tausende Fragen.

»Deshalb habt ihr beinahe eine identische Augenfarbe. Ihr gehört dem gleichen Volk an, habe ich das richtig verstanden?«

Zyran nickte mir zu.

»U-Und du bist ein hochrangiger Dämon.«

Wieder ein Nicken.

Da ich wusste, Zyran würde mir nach Fynn von sich erzählen, fragte ich fürs Erste nicht weiter nach.

Stattdessen wandte ich mich wieder Fynn zu. »Hast du ebenfalls Merkmale wie die Dämonen? Oder übernatürliche Fähigkeiten?«

»Ich besitze keine richtige Magie. Ich bin ebenfalls wie die Dämonen schneller und stärker, auch meine Sinne sind ausgeprägter. Außerdem kann ich auch nur einzelne Merkmale meines Monsters heraufbeschwören. Zum Beispiel kann ich allein meine Finger zu Krallen werden lassen. Zudem kann ich Feuer heraufbeschwören, jedoch nicht auf ganz so magische Weise, wie es Hexen können. Als Monster bin ich außerdem dazu in der Lage, Dämonen endgültig zu töten und besitze keinen heimlichen Namen wie sie, welchen man aussprechen muss, damit ich ebenfalls endgültig sterben kann.«

»Dann stimmt das mit den Dämonennamen?« Erneut nur ein Nicken von Zyran.

»Könnt ihr alle Gedanken lesen?«, fragte ich anschließend, da mich diese Frage noch immer beschäftigte.

»Zyran und Jade können es. Ich dagegen kann nur Zyrans Gedanken hören, da ich wie schon gesagt sein General bin«, beantwortete Fynn meine Frage.

Plötzlich stand Zyran jedoch auf und meinte: »Ich denke das reicht fürs Erste.«

Verwirrt sah ich ihn an. Was war denn jetzt los? »Halt Stopp!«, krächzte ich, um ihn aufzuhalten.

Vollkommen gegen meine Erwartungen blieb er stehen und blickte angespannt auf mich herab.

»Wieso bist du plötzlich so ... so nervös?«

Laut schnaubte er. »Ich bin vieles, aber sicher nicht nervös!« Als er wieder Anstalten machte, weiterzugehen, stand ich auf und legte ihm bestimmend meine Hand auf die Brust. Mit feurigem Blick starrte er wieder auf mich herab. Schwer schluckte ich. Diese Situation war verdammt heiß und gleichzeitig auch ziemlich beängstigend.

»Du sagtest mir, du würdest etwas über euch drei erzählen. Doch, bisher weiß ich nur etwas über die beiden und nichts über dich. Wieso also machst du dich nun aus dem Staub?«

Erneut schnaubte er. »Ich habe dir doch etwas über mich verraten. Du weißt, dass ich ein höherer Dämon bin, außerdem denke ich, das waren genug Infos für heute.«

Nun war ich es, die ein lautes Schnauben von sich gab. »Fängt das jetzt schon wieder damit an?«

Zyran zog die Augenbrauen zusammen, schwieg jedoch.

»Mal ehrlich, du kannst nicht immer mit etwas anfangen und dann einfach aufhören! Ich bin weder ausgetickt noch führe ich mich auf wie eine Irre, wieso also erzählst du mir Dinge über deine Vertrauten, aber nichts über dich? Außerdem, dass du ein Dämon mit höherem Rang bist, ist nicht zu übersehen! Also was in Joruns Namen ist so schlimm, dass du schon wieder die Biege machen möchtest?«

Während Zyran und ich uns schweigend anstarrten, begann Fynn leise zu lachen. Gleichzeitig sahen wir mit finsterer Miene zu ihm, was ihn nur noch lauter zum Lachen brachte. »Das ist wirklich heiß!«

»Halt die Klappe, Fynn!«, fauchten Zyran und ich im gleichen Moment.

Nun schmunzelte auch Jade etwas.

Nachdem sich Fynn doch noch etwas beruhigt hatte, wandte er sich an Zyran: »Aber sie hat gar nicht so unrecht, Zy. Du hast es ihr und uns gesagt, dass du ihr davon erzählen wirst. Und wenn du aufrichtig zu dir bist, weißt du selbst, dass du es ihr irgendwie schuldig bist. Schließlich war es keine so nette Art von dir, wie du sie *mitgenommen* hast.«

Gut, jetzt war ich vollkommen verwirrt. Hatte mir Fynn gerade wirklich recht gegeben? Was ging denn jetzt ab?

KAPITEL 21

- NADIA -

Seit wir unterwegs waren, hatte mich beinahe jede Schwester auf das Geschehnis angesprochen. Leider ging es dabei nicht um nette Zusprüche oder aufmunternde Worte, sondern eher, was für ein schlechtes Beispiel ich war und wie ich es nur zulassen konnte, dass ein *Kind* in meiner Obhut entführt wurde.

Es war ja nicht so, dass es eigentlich der Auftrag der Schwestern war für unseren Schutz zu sorgen. Wieso also sich selbst die Schuld geben, wenn es doch eine ältere Junghexe gab, welcher man die Schuld zuschieben konnte? Es ärgerte mich und noch schlimmer fand ich Tryas Verhalten. Bis vor wenigen Tagen noch, war sie so etwas wie eine Mutter und ein Vorbild für mich, doch nun? Ich verachtete sie! Noch nie kam mir etwas Scheinheiligeres als sie unter die

Augen. Sie log allen ins Gesicht! *Diese dreckige Schlampe!*

Wütend ging ich mit etwas Abstand hinter ihnen her. Beobachtete ihre Schritte, studierte ihr Verhalten, ihre Gewohnheiten und ihr Nutzen von Magie. Wir befanden uns noch immer mitten im Wald und auch wenn ich durch gutes Aufpassen den genauen Weg zurück wusste, hatte ich keine Ahnung, wo wir uns gerade befanden.

Ich war froh, als ich sah, wie die Sonne ganz langsam wieder aufging. Wir mussten also nicht länger im Schauder der Dunkelheit wandern. Ich erschrak jedes Mal, wenn ich ein paar glühende Augen im Dunkeln sah. Ich war mir zwar beinahe sicher, dass diese von Tieren waren, jedoch konnte ich nicht ausschließen, dass sie auch von einem anderen Wesen oder Dämon stammen konnten.

Trya sagte uns allerdings wir wären nur noch eine Tageswanderung vom Schloss der dunklen Seelen entfernt. *Definitiv eine Erleichterung!*

Klar, sie hatte es nicht mit diesen Worten erläutert, sondern eher mit solchen wie: »*Wir sind nur noch eine*

Tageswanderung von dem Versteck entfernt, wo ich glaube, dass das Monster sie gefangen hält!«

Diese Worte entfachten die Wut in mir nur noch mehr.

An unserem ersten Tag im Kloster sagte man uns, dass Lügen eine der schlimmsten Sünden war und dass die Schwestern dazu erzogen wurden, dies nicht zu tun. Doch Trya allein tat dies nun schon seit Monaten!

Ich hatte vor wenigen Stunden bei einem kleinen Stopp ein weiteres Gespräch von ihr und einer Schwester belauschen können. Dabei erwähnte sie, dass der erste Mord bereits zwei Monate her ist! Alles, was gerade mit Evelyn geschah, hätte man ganz einfach verhindern können! Laut Trya waren diese Morde eine spezielle Art der Warnung, eine Aufforderung ihnen etwas zu geben. Die Dämonen wollten schon zwei Monate lang etwas und so wie ich diesen attraktiven Dämon einschätze, handelte es sich von Anfang an um Evelyn. Ihre Entführung, das Messer an ihrem Hals, die Angst in ihren wunderschönen Augen und auch alles, was der Dämon gerade Schlimmes mit ihr tat … ALLES! Alles hätte man verhindern können! Statt etwas zu unternehmen, hatten sie sich dazu entschieden, nichts zu tun! Überhaupt nichts!

Ich versuchte tief durchzuatmen, während ich Trya mit wütendem Blick in den Rücken starrte. Ich spürte die aufkommende Magie in meinen Fingerspitzen. Ich musste mich beruhigen! Ich durfte die Kontrolle über sie nicht verlieren, sonst würden die Schwestern sofort bemerken, dass etwas mit mir nicht stimmte.

Verfluchte Scheiße! Ich hoffe, ich werde dich vor den Schwestern finden, Eve. Bei Jorun, ich habe solch eine Angst um dich! Die Ahnungslosigkeit nicht zu wissen, was der Dämon gerade mit dir macht. Es bringt mich beinahe um. Ich muss dich aus den Fängen dieses Monsters befreien und dich in Sicherheit bringen. Vor diesem Monster und den Schwestern. Was auch immer hier vor sich geht, geht weit über unsere Kenntnisse hinaus und was auch immer es ist, es ist nicht gut für dich.

Angestrengt versuchte ich die aufkommenden Tränen zurückzuhalten. Bitte lass mit Evelyn alles in Ordnung sein. Vielleicht hatte sie bereits eine Flucht vor diesen Monstern gewagt und diese auch geschafft. Oder lass zumindest in dieser Situation Trya die Wahrheit gesagt haben und die Dämonen ließen Evelyn wirklich in Ruhe und taten ihr nichts Schlimmes an.

KAPITEL 22

- EVELYN -

»Jetzt kommt mal wieder runter!«, schrie Jade. Denn seit etwa drei Minuten diskutierte Fynn nun schon mit Zyran. Fynn gab mir recht und blieb bei der Meinung, ich hätte einen Funken an Wahrheit verdient und Zyran sollte mir *dieses winzige, wichtige Detail* erzählen (Fynns Worte nicht meine). Zyran jedoch blieb stur und behauptete, es wäre genug für mich und er würde es mir an einem anderen Tag erzählen, da er mich nicht überfordern wollte. Das war totaler Schwachsinn, da ich überhaupt nicht überfordert war. *Wobei, durch die Diskussion der beiden mittlerweile vielleicht doch etwas.* Ich meine, klar, die Infos waren erschreckend und zum größten Teil auch neu für mich, aber dennoch bin ich die ganze Zeit über vollkommen cool und gelassen geblieben. Bis auf den kleinen Aussetzer, als

Zyran das Wort »Höllenhund« zum ersten Mal zur Sprache brachte. Aber mal ehrlich, wer hätte da nicht so reagiert?

Beide Männer sahen nun zu Jade, noch immer wirkten sie beide recht angespannt. »Dieser Streit führt doch zu nichts. Aber Zyran, auch ich finde, dass Fynn nicht ganz unrecht hat. Und bitte lass mich zuerst ausreden, bevor du mich ebenfalls anschreist.« Sie machte eine kurze Pause und wartete darauf, bis Zyran seine Zustimmung durch ein Nicken klar machte.

»Du hast es ihr mehr oder weniger versprochen und es wäre falsch, ihr unsere Identität zu erläutern, deine aber nicht. Außerdem sieht sie meiner Meinung nach nicht wirklich überfordert aus. Ich denke sie hat die Wahrheit verdient. Wie soll sie anfangen dir oder besser gesagt uns zu vertrauen, wenn du ihr nie antwortest und ihr alles verschweigst oder aufschiebst?«

Zyran blies laut die angehaltene Luft aus seinen Lungen. Kurz schloss er seine Augen, als er sich zu mir umdrehte. Langsam öffnete er sie wieder und deutete auf den Hocker hinter mir. »Setz dich, bitte.«

Am liebsten hätte ich mich geweigert, aber da er zum ersten Mal das Wort *bitte* in einem Satz mir gegenüber verwendet hatte, hielt ich es für angebracht, mich zu setzen. Zögerlich ließ ich mich auf dem Stück Holz nieder, was er mir gleichtat.

Anschließend beugte sich Zyran etwas nach vorne, stützte seine Arme auf den Oberschenkeln ab und verschränkte seine Finger ineinander. »Also gut. Vorab jedoch möchte ich noch etwas loswerden. Egal, was ich dir jetzt gleich sage, versprich mir nur eins: Spring nicht auf und renne schreiend davon, denn ich werde dir auch nach dieser Information nicht das Leben nehmen, in Ordnung?«

Obwohl mir seine Worte ein flaues Gefühl im Magen verschafften, nickte ich, denn ich wollte noch immer wissen, was er mir gleich offenbaren würde. Ich sah wie er tief einatmete und erneut für eine winzige Sekunde seine Augen schloss. Als er sie wieder öffnete, sah er entschlossen zu mir auf.

»Du weißt bereits, dass ich ein Dämon mit höherem Rang bin. Außerdem hast du schon erkannt, dass Fynn und ich die gleiche Augenfarbe haben, unsere Augen aber dennoch nicht identisch sind. Meine sind etwas heller als seine, oder besser gesagt sie leuchten mehr. Denn ich bin nicht nur ein höherer Dämon desselben Volkes wie Fynn. Ich bin der Herrscher dieses Volkes. Ich regiere über das Volk der dunklen Seelen und mir gehört auch das Schloss, zu welchem wir reisen.«

Mein Mund klappte mir einen Spalt weit auf. Meine Augen wurden riesig und ich starrte ihn entsetzt mit rasendem Herzen an.

Seufzend fuhr sich Zyran mit einer Hand über sein Gesicht. »Ich habe euch gesagt, dass es keine gute Idee ist, ihr das mitzuteilen«, hörte ich ihn murmeln.

Ich war schockiert. *Wenn er der Herrscher des Volkes der dunklen Seelen war, bedeutete das etwa, er war der Teufel?* Ruckartig sprang ich von dem Hocker auf, starrte ihn weiterhin mit riesigen Augen an. Langsam, ohne ihn aus den Augen zu lassen, machte ich ein paar Schritte rückwärts. *Ich musste hier sofort raus!*

»Evelyn.« Es klang wie eine Warnung, obwohl seine Stimme so sanft und ruhig war. Ich näherte mich langsam dem Ausgang. Versprechen hin oder her, das war mir eindeutig zu viel! Tief sahen wir uns in die

Augen. Keiner von uns beiden sah weg. Dieser Blickkontakt fühlte sich viel intimer an, als er sollte. Er hatte so schöne Augen und man könnte glatt darin versinken, würde da nicht die Sache mit dem Herrscher im Raum stehen.

»Du hast es versprochen. Du rennst nicht weg«, seine Stimme war dabei weiterhin sanft.

Ich konnte den Ausgang bereits im Augenwinkel erkennen und als ich noch einen weiteren Schritt darauf zu machte, stand Zyran plötzlich ebenfalls von seinem Hocker auf. Seine bisher liebevollen Gesichtszüge verhärteten sich und er sah immer angespannter und wütender aus. Ich schluckte schwer. Mein Herz drohte zu explodieren, als er einen Schritt auf mich zu machte. Doch Jade hielt ihn auf. *Bei Jorun! So langsam wurde sie mir wirklich sympathisch.*

Sie hinderte ihn daran, weiter auf mich zu zugehen, indem sie ihre Hand auf seine Schulter legte. Zyran sah kurz zu ihr und Jade schüttelte ihren Kopf. Zyran schien sofort zu verstehen, was sie ihm sagen wollte und er sah wieder zu mir, seine Gesichtszüge wirkten dabei wieder etwas entspannter.

»Du darf– kannst das Zelt verlassen«, knurrte er. Woraufhin er nach einer kleinen Pause auf Fynn zeigte und hinzufügte: »Doch nur, wenn er mit dir geht.«

Obwohl ich im Moment lieber allein gewesen wäre – vielleicht auch um eine weitere Chance für eine Flucht zu bekommen – nickte ich Zyran zögerlich zu. *Lieber war ich im Moment bei Fynn als bei ihm!* Zufrieden deutete er Fynn an, mir zu folgen und entließ uns, oder besser gesagt mich. Augenblicklich stürmte ich aus dem Zelt, natürlich dicht gefolgt von dem ebenfalls angsteinflößenden Höllenhund.

Kapitel 23

- zyran -

Sobald Evelyn aus dem Zelt gestürmt war, drehte ich mich zu Jade um, welche mich bereits mit einem traurigen Hundeblick anstarrte.

»Sieh mich nicht so an! Ich habe von Anfang an gesagt, dass das eine dumme Idee ist.«

»Ja vielleicht. Dennoch hat sie die Wahrheit verdient, Zy. Du willst ihr Vertrauen? Dann gib ihr einen Grund, dir vertrauen zu können. Ihr die Wahrheit über uns zu sagen, ist doch schon ein Anfang. Natürlich hat sie jetzt Angst und ist etwas durch den Wind. Sicher denkt sie auch, dass du der Teufel bist, so wie es jeder zuerst tut. Doch sobald sie diese Information etwas verarbeitet hat, kannst du sie von dem Gegenteil überzeugen. Fynn – und nur Luzifer allein weiß warum – hat einen guten Draht zu ihr. Ich habe sie zusammen beim Zeltaufbau gesehen. Sie hat angefangen sich bei ihm wohlzufühlen und das wird sie in deiner Gegenwart auch noch tun. Fynn war einmal wie sie. Klar, sie hat magische Wurzeln, dennoch kann sie kaum zaubern und Fynn konnte es vor seiner Verwandlung auch nicht. Er weiß, wie sie sich im Moment fühlt und ich bin mir sicher, er schafft es, sie etwas zu beruhigen. Gib dem Mädchen einfach ein wenig Zeit. Sie kennt uns nur als Monster und dass du sie entführt hast, spricht nicht gerade für uns. Also hab einfach etwas Geduld.«

Wow! So lange habe ich sie noch nie am Stück reden hören. Doch leider musste ich zugeben, dass sie recht hatte. Mit allem, was sie sagte.

Auch wenn es mir nicht gefiel, dass Evelyn und Fynn einen besseren Draht zueinander hatten und sie ihm mehr vertraute als mir. Es war dennoch ein Zeichen dafür, dass es nicht unmöglich war, dass sie uns irgendwann vertraut. Trotzdem gehörte Geduld in solch einer Situation nicht gerade zu meiner Stärke. Erschöpft von diesem Gespräch ging ich auf den Ausgang des Zeltes zu. Ich musste nach ihr sehen, hören, ob und was sie sagte. Ich brauchte einfach ein wenige Klarheit.

»Lass dich nicht erwischen und halt Abstand, sonst kannst du die Sache mit dem Vertrauen vollkommen vergessen«, rief Jade mir hinterher. Sie kannte mich eindeutig zu gut. Sie wusste natürlich sofort, was ich vorhatte. Was verständlich war, schließlich verbrachten wir schon über hundert Jahre zusammen. Würde sie mich nicht kennen, würde ich mir eher Sorgen machen.

Mit einem knappen Kopfnicken verabschiedete ich mich von Jade und verließ anschließend das Zelt. Da ich Evelyns Gedanken noch immer hören konnte, fiel es mir nicht sonderlich schwer, sie zu finden. Zusammen spazierten die beiden an einem Fluss entlang und unterhielten sich. Obwohl ich sie auch aus dieser Entfernung bereits hören konnte, beschloss ich, noch etwas weiter an sie heranzutreten.

»Ist er nicht«, hörte ich Fynn zu Evelyn sagen.

»Das sagst du doch nur, um mich zu beruhigen.«

»Tu ich nicht. Zyran ist nicht der Teufel. Er ist ein Dämon mit sehr hohem Rang, aber er ist nicht Luzifer.«

»In jedem Buch, welches ich bisher gelesen habe, stand, dass der Teufel sich in dem Schloss der dunklen Seelen aufhält.«

»Nicht jedes Buch entspricht der Wahrheit.«

Daraufhin sagte Evelyn nichts mehr. Jedoch wusste ich auch so, dass sie ihm kein Wort glaubte. Sie hinterfragte alles, jedes Wort, welches Fynn verlor.

Tausende Fragen und Sorgen huschten durch ihren hübschen, kleinen Kopf. Dabei entging mir nicht der Gedanke, in welchem sie sich sorgte, dass sie beinahe den *Teufel* geküsst hätte. Ich schluckte schwer, als dieser Gedanke lauter wurde und sie anfing, Panik zu bekommen.

»Bei Jorun! Ich hätte fast einen verfluchten Dämon geküsst! Er hätte sonst etwas mit mir machen können, wenn sich unsere Lippen berührt hätten!«

»Verdammt Evelyn, wie oft hat man dir im Kloster gesagt, dass der Kuss eines Dämons tödlich ist!«

»Wenn der Kuss eines Dämons bereits tödlich war, wie sah es dann mit dem Kuss des Teufels aus?«

»Verflucht! Wie konnte ich nur so dumm sein?«

Obwohl es das nicht sollte, brachten mich ihre Worte tatsächlich für eine Sekunde aus dem Konzept. Ich war es gewohnt, dass man nur das Schlimmste in mir sah. Und dennoch machte mir die Situation mit ihr etwas zu schaffen. Ich wollte nicht, dass sie mich hasste, oder schlimmer noch, ich wollte nicht, dass sie Angst vor mir hatte. Ich wollte dieses Gespräch nicht länger mitverfolgen. Ich vertraute darauf, dass Fynn das für mich einigermaßen in Ordnung brachte. Ich vertraute ihm. Außerdem hatte Jade recht, auch wenn es schon sehr lange her ist, Fynn war einmal wie Evelyn. Vielleicht konnte er wirklich besser in sie hineinhorchen und ihr mit der Panik helfen.

KAPITEL 24

- EVELYN -

Während ich weiterhin versuchte, ruhig neben Fynn herzugehen, spürte ich, wie die in mir aufkommende Panik immer stärker wurde.

»Möchtest du dich kurz setzen? Du siehst aus, als würdest du jeden Moment umkippen«, schlug Fynn vor und deutete auf einen kleinen Hügel vor dem Fluss. Dankend nahm ich seinen Vorschlag an, ließ mich in dem weichen Gras nieder und beobachtete das fließende Gewässer.

Obwohl mein Herz noch immer wie wild in meiner Brust schlug, fühlte ich mich dennoch etwas ruhiger.

»Hör zu Evelyn, auch wenn du mir nicht glauben wirst, möchte ich, dass du es erneut hörst. Zyran ist nicht Luzifer. Er ist der Herrscher des Reiches, welches früher einmal Luzifer gehört hatte, aber dennoch sind die beiden zwei verschiedene Personen. Außerdem kannst du mir glauben, wenn ich dir sage, Zyran besitzt im Gegensatz zu Luzifer das Gefühl für Gerechtigkeit und bestraft keine Unschuldigen. Auch wenn er dem vermutlich eher widersprechen würde, damit er seinen Ruf nicht verliert.«

Leicht schmunzelte ich über seine Worte, denn obwohl ich Zyran kaum kannte, konnte ich es mir dennoch bildlich vorstellen, wie er sich rechtfertigen würde oder es als Lüge bezeichnen würde.

»Wieso genau bin ich hier, Fynn?« Als ich ihn seufzen hörte, drehte ich meinen Kopf etwas in seine Richtung.

»Dir das zu sagen, steht mir nicht zu.«

»Weil Zyran es dir verboten hat?«

»Unter anderem, ja. Aber ich denke auch, du solltest erst einmal die Infos verarbeiten, die wir dir vor wenigen Minuten mitgeteilt haben.«

»Bitte Fynn, ich muss es wissen.«

Streng schüttelte er seinen Kopf. Nachgeben wird er also nicht. Ich wandte mich von Fynn ab und blickte wieder auf das beruhigende Gewässer. Doch als ich ihn erneut leise seufzen hörte, hatte er sofort wieder meine ganze Aufmerksamkeit. Ich konnte mich noch sehr gut daran erinnern, wenn Nadia so seufzte, dann überlegte sie mehrmals und war sich mit etwas unsicher. *Was bedeutete, Fynns Seufzen könnte ebenfalls solch eine Reaktion sein und womöglich überlegte er sich doch noch, mir meine Frage zu beantworten!* Hoffnung keimte in mir auf. Bei Jorun, bitte lass ihn seinen inneren Kampf verlieren.

»Also gut, hör zu«, begann Fynn und rang sichtlich mit sich selbst.

Ich wollte nicht zu hoffnungsvoll aussehen, weshalb ich meinen Blick etwas sank.

»Ich kann und darf dir nicht sagen, weshalb du hier bist, doch ich kann dir ein wenig Hoffnung schenken. Zyran und sein ganzes Volk, ich eingeschlossen, wollen dich nicht tot sehen.«

»Das habt ihr bereits gesagt, mehrmals.«

Fynn nickte. »Ich weiß. Doch, ich dachte, vielleicht glaubst du meinen Worten nun mehr als am ersten Abend.«

Fest blickte ich ihm in die Augen und hob eine Augenbraue. Ich sah es ihm an, das war nicht das, was er mir eigentlich sagen wollte.

Er wusste sofort, worauf ich hinauswollte, ohne etwas sagen zu müssen. Leise knurrte er. »Du bist keine Hexe ohne Magie, Evelyn. Wir alle hier wissen es. Doch nur Zyran allein weiß, wie du deine Magie wirklich erlangen kannst.«

Ich nickte mehrmals, bis seine Worte erst richtig bei mir im Kopf ankamen. »Wie bitte was?«, stotterte ich dann und sah ihn entsetzt an. Ruckartig stand Fynn vom Boden auf und klopfte sich den imaginären Dreck von seiner Hose. »Wir sollten zurückgehen. Ich habe schon mehr gesagt, als mir erlaubt war. Auch wenn Zyran mein Freund ist, ist er immer noch mein Herrscher.«

Schweigend bot er mir seine Hand an, um mir aufzuhelfen. Dankend nahm ich seine Hilfe an und folgte ihm anschließend zurück zum Lager. Schwer dachte ich über Fynns Worte nach. Ich wusste, dass ich nicht ganz magielos war. Doch, ich hatte nicht damit gerechnet, dass ein Dämon wüsste, wie ich mehr von meiner Magie erlangen konnte und dass ich überhaupt mehr besaß. Auch wenn die Idee vermutlich ziemlich dumm war, beschloss ich Zyran darauf anzusprechen. Ich musste wissen, ob Fynn tatsächlich die Wahrheit gesagt hat und ob es Zyran wirklich möglich war, mir mit meiner Magie zu helfen!

KAPITEL 25

- zyran -

»Du hast es ihr gesagt?« Obwohl Fynn mein bester Freund war, sah er mich in diesem Moment ziemlich ängstlich an, was mich zum Lachen brachte. »Ich weiß, ich hätte es ihr nicht sagen dürfen, doch sie sollte einen Teil der Wahrheit hören, noch dazu war sie vollkommen durch den Wind.«

Ich schmunzelte. »Es ist in Ordnung, Fynn. Mach dir nicht so einen Kopf. Ich denke, sie kommt mit der Info gut klar. Noch dazu konnte ich vorhin laut und deutlich hören, dass sie überlegte, wie sie mich am besten fragen könnte, ohne dass ich sauer auf dich werde.« Nun musste auch Fynn etwas schmunzeln.

»Vielleicht solltest du auf sie zugehen.«

»Heut nicht mehr. Sie sollte sich erst einmal ausruhen und den Tag etwas verarbeiten.«

»Da könntest du recht haben. Ich habe sie in dein Zelt gebracht.«

Ich nickte Fynn dankend zu und beschloss dann zu meinem Zelt zu gehen, um nach Evelyn zu sehen. Leise trat ich hinein und lächelte zufrieden, als ich sie entspannt schlafend auf der Decke liegen sah. Sie lag etwas zusammengerollt auf der Seite, ihr Gesicht war mir zugewandt. Dabei wirkte ihr Gesichtsausdruck so friedlich. Ich hoffte sehr, sie würde irgendwann auch im wachen Zustand einen solchen Ausdruck in unserer Gegenwart haben.

Kurz nachdem die Sonne ihren höchsten Punkt erreicht hatte und die Mittagszeit gekommen war, hatten wir erneut alles zusammengepackt. Anschließend half ich Evelyn wieder auf mein Pferd und stieg dann ebenfalls hinter ihr auf.

Auch wenn Evelyn es nicht laut aussprach, konnte ich genau sehen, wie angenehm sie ihre neue Kleidung fand und ihr das Reiten dadurch auch nicht mehr so schwer viel.

Seit sie wach war, hatte sie kaum ein Wort mit uns gesprochen. Würde ich ihre Gedanken nicht hören können, würde ich mir tatsächlich Sorgen um sie machen. Als ich ihren Gedanken gelauscht hatte, hatte ich gehört, wie sie die Gespräche von letzter Nacht durchging. Sie dachte darüber nach, ob man uns, aber vor allem mir, trauen konnte und ob sie mich nach der »Hexensache« fragen konnte.

Ich sprach sie vorerst noch nicht darauf an. Ich wollte sehen, ob sie auf mich zukam und ihr gleichzeitig noch ein wenig Zeit geben, um alles etwas verdauen zu können. Denn, sobald wir *dieses* Gespräch anfingen, würde es kein Zurück mehr für sie geben und sie sollte es zum richtigen Zeitpunkt erfahren.

Während der gesamten restlichen Reise sprach Evelyn weiterhin kaum ein Wort mit uns. Ab und an fragte sie mich oder Fynn nach etwas zu trinken und aß auch etwas Fleisch, welches Jade extra für sie besorgt hatte. Ihre Gedanken kreisten noch immer, während sie an alles dachte, was wir ihr erzählt hatten. Dabei bewunderte sie ab und an die Natur des Waldes im Sonnenlicht.

Wir waren nur noch ein paar Meter vom Schloss entfernt. Der Wald lichtete sich und man konnte bereits die Turmspitzen aus der Ferne sehen.

Ein aus Steinen gelegter Weg führte zu den Toren, durch die man in den Innenhof gelangte. Da die Sonne wieder am Untergehen war, sah mein Schloss beinahe schwarz aus. Nur die kleinen Feuerstellen erhellten es ein wenig und doch ließen sie es noch düsterer wirken.

Das Rot der Flammen ließ es wie in der Hölle wirken. Das Schloss stand etwas erhöht auf einem Hügel und drumherum konnte man trotz der Steinmauer die kleinen Häuser meiner Untertanen erkennen.

Obwohl ich dachte, dass Evelyn ausrasten würde, war sie vollkommen entspannt. Sie musterte das Schloss eindringlich und beschrieb es sogar als »schaurig schön«. Diese Worte zauberten mir ein Lächeln ins Gesicht. Schließlich wird es von heute an auch ihr Zuhause sein. *Zumindest hoffte ich das.*

Am Waldrand, wo auch der steinerne Weg begann, hielt ich mein Pferd an. »Bevor wir weitergehen, denke ich, sollten wir uns unterhalten. Fynn hat mir gesagt, was er dir erzählt hat«, flüsterte ich Evelyn zu, welche laut schluckte. Mit einem knappen Nicken gab sie mir ihre Zustimmung.

Nachdem ich abgestiegen war, half ich ihr ebenfalls vom Pferd. Ich sah es ihr an, dass sie ein wenig nervös war und ließ zu, dass sie sich etwas von dem Weg entfernte und zurück in den Wald trat.

Kurz gab ich Fynn noch Bescheid, dass er mit den anderen schon vorausreiten konnte, was er ohne Widerworte tat. Tief holte ich Luft und drehte mich um und ging anschließend zu Evelyn, welche mich neugierig musterte. Also dann, los geht's.

KAPITEL 26

- EVELYN -

Unsicher trat ich von einem Bein aufs andere. Sah Zyran dabei zu, wie er mit Fynn sprach und anschließend wieder auf mich zukam. Bei Jorun, was auch immer er nun mit mir besprach, ich war mir nicht sicher, ob ich schon dafür bereit war.

»Bist du sauer auf ihn?«, fragte ich Zyran und sah Fynn hinterher.

»Nein. Er hat schließlich den Startschuss für dieses Gespräch gegeben, welches wir beide dringend brauchen.«

Ich nickte.

Ich sah, wie Zyran tief Luft holte, bevor er einen weiteren Schritt auf mich zumachte und erneut zu Sprechen begann. »Ich werde versuchen, dich nicht zu überfordern. Wenn du eine Pause brauchst, sag es mir.

Außerdem denke ich reicht es, wenn ich dir vorerst nur das Wichtigste erzähle.«

Gut, damit konnte ich auf jeden Fall leben. Also nickte ich.

»Du bist mehr oder weniger eine Hexe wie deine Freundin Nadia eine ist. Du besitzt Magie und das sogar noch mehr als jede normale Hexe. Du hast Probleme damit, sie zu nutzen und sie zu spüren, weil deine Magie anders ist. Sie verhält sich nicht wie die deiner Freunde im Kloster. Ich weiß, wie man sie trainiert und möchte dir gerne dabei helfen. Deine Magie wird deshalb anders als die der anderen Junghexen genutzt, weil deine Magie nicht von Engeln abstammt.«

Das waren zwar ein paar interessante Neuigkeiten, aber ich hatte das Gefühl er würde mir gleich noch etwas mitteilen, was mir nicht wirklich gefallen würde. Noch dazu wurden die Fragezeichen in meinem Kopf nur noch größer.

»Was meinst du damit? Woher stammt meine Magie, wenn sie nicht von Engeln abstammt?«

»Deine Magie stammt von Jorun.«

»Entschuldige. Wie bitte, was?«, fragte ich entsetzt. *War Jorun nicht die erste von den Engeln geschickte Hexe?*

»Jorun war nicht die erste Hexe der Engel. Sie war auch nicht unbedingt eine Urhexe. Sie war eine Göttin.« Er machte eine kurze Pause und wartete meine Reaktion ab, doch diese blieb aus. Ich war viel zu erstarrt.

Zyran räusperte sich, als er noch hinzufügte: »Genauer gesagt, war Jorun die Göttin, der Rache und der Gerechtigkeit. Zwei Eigenschaften, die kaum zueinander passten und doch ergänzten sie sich perfekt. Sie war an Luzifers Seite und seine Geliebte.«

Wäre ich nicht bereits erstarrt, würde ich es spätestens jetzt sein. *Hatte er gerade gesagt, Jorun war eine Göttin und ich besaß ihre verdammte Magie?*

»Du glaubst mir nicht, oder?«

Ich schüttelte meinen Kopf.

Das alles war vollkommener Schwachsinn, niemals war Jorun eine Göttin und vor allem war sie nicht die Geliebte von Luzifer! Noch dazu war ich sicher nicht

mit ihrer Magie gesegnet. Ich war eine normale Hexe,
nur eben mit kaum Magie.

»Ich kann es dir beweisen«, meinte Zyran und hatte damit meine volle Aufmerksamkeit. »Wie?«

»Nicht nur ich kann Gedanken lesen.«

Ich runzelte die Stirn. Das war nicht wirklich aufschlussreich. Was in Joruns Namen wollte er mir damit sagen?

»Ich möchte damit sagen, dass auch du die Gedanken von Dämonen lesen kannst.« Zuerst war ich verblüfft, bis seine Worte in meinem Gehirn ankamen. Wenn er damit sagen wollte, dass Dämonen dies untereinander tun konnten, dann hieße dies ja …

»Ich bin kein Dämon!«, knurrte ich wütend.

Das schiefe Grinsen, mit welchem ich ihn kennengelernt hatte, tauchte wieder auf.

Ich schmolz dahin und spürte genau, wie meine Knie weich wurden.

Verdammter Mist! Wieso konnte er nicht hässlich sein?

Unerwartet kam Jade zu uns und blieb neben Zyran stehen.

Was machte sie hier?

»Ich habe sie geholt, weil du an ihr das Gedanken lesen üben kannst.«

»Ich kann keine Gedanken lesen, Zyran. Ich. Bin. Kein. Dämon«, widersprach ich weiter.

»Versuch es einfach. Was hast du zu verlieren?«

»Meine Würde«, hätte ich am liebsten gesagt und doch tat ich es nicht, da es sich irgendwie falsch anfühlte.

»Also gut«, gab ich nach. Denn auch wenn ich es erschreckend fand, wollte ich wissen, ob er recht hatte.

Erneut erschien das schiefe Grinsen in seinem Gesicht. Ich musterte ihn schweigend, als er auf mich zukam. Ich schluckte schwer. Ohne mich aus den Augen zu lassen, stellte er sich dicht hinter mich. Im Augenwinkel konnte ich sehen, wie er sich zu mir runter beugte und sein Kopf nun direkt neben meinem Ohr ruhte.

Wie sollte ich mich dabei konzentrieren können, wenn er so nah bei mir stand?

»Schau sie an«, flüsterte er.

Während sich die Gänsehaut auf meinem Körper ausbreitete, sah ich Jade tief in die Augen. »Halte den Blickkontakt und lass deine eigenen Gedanken für den Moment fallen. Denke an nichts.«

Erneut probierte ich seiner Anleitung genaustens zu folgen.

»Versuche sie zu hören. Suche nach ihrem Dämon. Verbinde dich mit ihm und höre tief in sie hinein.«

Ich wollte am liebsten frustriert aufstöhnen. Mit genauen, hilfreichen Worten hatte Zyran es auf jeden Fall nicht. Doch wiederholt versuchte ich seinen Anweisungen zu folgen und obwohl ich kurz davor war aufzugeben, hatte ich das Gefühl, ich würde es jeden Moment schaffen. Tief sah ich ihr in die Augen, ließ meine Gedanken fallen und atmete langsam aus. Ich versuchte ihren Dämon zu hören, auch wenn die Worte kaum Sinn ergaben, hatte ich den Eindruck ich wüsste, was ich tun müsste.

»Hallo Evelyn«, ertönte Jades Stimme in meinem Kopf.

Automatisch sah ich auf ihre Lippen, diese waren jedoch geschlossen und doch hatte ich ihre Stimme gehört. *Ich hatte es geschafft! Ich konnte tatsächlich ihre Gedanken hören!* Obwohl es mehr oder weniger etwas Gutes hatte, da ich nun wusste, dass Zyran – in diesen Dingen zumindest – die Wahrheit sagte, fand ich die neue Erkenntnis zu meinem Leben auch beängstigend. Wenn ich die Gedanken der Dämonen hören konnte, hieße das ich wäre ebenfalls ein Dämon, oder zumindest zum Teil.

Ich verzog mein Gesicht. *Jeder Vorteil hatte auch einen Nachteil. Doch verdammt, ich hasste diesen Nachteil! Ich wollte kein Dämon sein, das war alles ein riesiger Albtraum!*

Nur am Rande bekam ich mit, wie sich Jade von uns verabschiedete und ich somit wieder allein mit Zyran war. Noch immer drehten sich meine Gedanken und ich fühlte mich nicht dazu in der Lage, mich zu bewegen. Ich zuckte leicht zusammen, als ich Zyrans Hände auf meiner Taille spürte. Langsam drehte er mich zu sich um. Nur wenige Zentimeter trennten uns voneinander. Er legte sachte seinen Zeigefinger und Daumen an mein Kinn und zwang mich mit sanfter Gewalt dazu, ihn anzusehen. Mit klopfendem Herzen sah ich in seine smaragdgrünen Augen.

Ein leichtes schiefes Grinsen huschte auf seine Lippen. »Du bist unsicher.«

Schweigend nickte ich. Leugnen würde nichts bringen.

»Ich habe noch einen Beweis für dich, vielleicht kannst du mir dann glauben, dass ich bisher immer die Wahrheit gesagt habe.«

»Welchen Beweis?«

»Einen Kuss.«

Ich keuchte und hielt anschließend die Luft an. Einen Kuss? Sicher nicht! Er ist doch völlig durchgeknallt.

»Der Kuss eines Dämons kann nur einem Nichtmagier oder einer Hexe etwas antun, also? Sollte der Kuss dich verführen, weißt du, du bist eine Hexe und falls nicht bist du ein Dämon.«

Ich schnaubte. *Hielt er mich wirklich für so einfältig?*

»Denkst du wirklich ich bin so dumm? Ein Kuss von dir und ich bin kein Dämon, dann wäre ich vollkommen wehrlos. Noch dazu habe ich des öfteren gehört, man würde danach völlig den Verstand verlieren. Glaubst du, ich würde so ein leichtsinniges Risiko eingehen?«

Das schiefe Grinsen wurde breiter. Ich runzelte die Stirn, da ich seine Reaktion nicht wirklich verstand. Noch bevor ich realisieren konnte, was er tat, beugte sich Zyran zu mir nach vorne und presste seine Lippen auf meine.

Ich riss die Augen auf. *NEIN!* Ich legte meine Hände auf seine Brust und versuchte ihn von mir wegzustoßen, doch Zyran gab nicht einen Millimeter nach. Seine bisher noch geöffneten Augen schlossen sich langsam und er fing an seine Lippen auf meinen zu bewegen. Noch immer hatte ich einen klaren Verstand. Doch ob es nun an der Tatsache lag, dass ich ein Dämon war oder daran, dass ich den Kuss nicht erwiderte, wusste ich nicht.

Seine Lippen waren so verdammt weich und sanft. Ich fing an in seinen Berührungen dahin zu schmelzen. Langsam ließ er seine Hand von meinem Kinn in meinen Nacken gleiten. Dadurch war es mir nun vollkommen unmöglich, seinem Kuss zu entkommen. Ohne es wirklich zu bemerken, schloss auch ich meine

Augen und fing an, meine Lippen zu bewegen. *Shit. Das war nicht gut.*

Sachte fuhr er mit seiner Zunge über meine Unterlippe und bat um Einlass. Obwohl ich mich gedanklich noch immer sträubte, gewehrte ich ihm diesen. Zyran nutzte sofort die Gelegenheit. Fordernd umspielte er meine Zunge und begann einen Kampf um die Dominanz.

Unser Kuss wurde immer ungezügelter und meine rasenden Gedanken stoppten für einen Moment. Eine Hand noch immer auf seiner Brust liegend, ließ ich meine andere in sein welliges Haar gleiten, um etwas Halt darin zu finden.

Verflucht, dieser Mistkerl konnte verdammt gut küssen!

Er ließ seine Hände auf meinen Hintern wandern und krallte seine Finger dabei in mein zartes Fleisch. Ich konnte mir ein leises Keuchen nicht mehr verkneifen. Mit einer flüchtigen Bewegung und als würde ich nichts wiegen, hob mich der Dämon hoch. Ich schlang meine Beine um seine Hüfte und stöhnte leise in seinen Mund, als ich sein erregtes Glied zwischen meinen Beinen spürte.

Das war sowas von falsch! All das war falsch und dennoch fühlte es sich so verflucht richtig an. Noch immer war ich bei klarem Verstand, obwohl sich mein Gehirn so anfühlte, als wäre es mit Wolken gefüllt. Wie auch bei der Sache mit Jade war ich mir unsicher, ob das nun etwas Gutes oder etwas Schlechtes zu bedeuten hatte.

Unbewusst fing ich an, mich an seinem Schwanz zu reiben. Zyran gab ein erregtes Knurren von sich, als er seine Lippen plötzlich von meinen löste.

Schwer atmend sahen wir einander an.

»Du würdest es später bereuen, wenn wir jetzt weiter gehen würden«, hauchte er dicht vor meine Lippen.

Obwohl ich kurz widersprechen wollte, hatte er recht.

Vorsichtig ließ er mich wieder runter.

Er fuhr sanft mit den Fingerknöcheln über meine Wange und flüsterte: »Ich gebe dir ein paar Minuten, denk über alles nach. Ich habe dich bei keiner einzigen Sache angelogen, wie du auch bei Jade und dem Kuss gerade selbst feststellen konntest. Ich werde am

Eingang des Schlosses auf dich warten. Ich werde dich zu nichts zwingen, ich möchte dir helfen und dir alles ausführlich erklären. Sollte deine Antwort Nein sein, dann werde ich dich nicht aufhalten und gehen lassen. Doch ich hoffe sehr, deine Antwort wird Ja heißen.«

Mit diesen Worten drehte er sich um und ging den steinernen Weg zum Schloss entlang.

Wie in Trance sah ich ihm hinterher, fuhr mit der Spitze meines Zeigefingers über meine Lippen und dachte über diesen atemberaubenden Kuss nach.

Bei Jorun, was sollte ich nur tun? Bevor ich mir jedoch weiter Gedanken darüber machen konnte, hörte ich plötzlich ein lautes Knacken hinter mir, erschrocken drehte ich mich in die Richtung, aus der ich das Geräusch vermutete.

Kapitel 27

- Nadia -

Obwohl ich kurz davor war aufzugeben, hatte ich es doch noch geschafft! Ich hatte Trya und die anderen Schwestern tatsächlich abhängen können. Ich rannte so schnell ich konnte, folgte der Turmspitze des Schlosses und sah, wie der Wald sich langsam lichtete. Gerade als ich auf den steinernen Weg zusteuern wollte, sah ich im Augenwinkel eine Gestalt. Ruckartig blieb ich stehen und versteckte mich hinter einem Baum. *Wer konnte das sein? War es ein Dämon?*

Vorsichtig und leise sah ich an dem Gestrüpp vorbei, in der Hoffnung die fremde Person sehen zu können. Da sie ebenfalls teils hinter einem Baum stand, beugte ich mich weiter nach vorne, zu meinem Pech endete diese Idee nicht im Guten. Meine Hand rutschte an der Rinde des Baumes ab und ich stolperte nach vorn. Als wäre das nicht schon schlimm genug, trat ich auch noch auf einen Ast, welcher laut knackte.

Mit riesigen Augen sah ich zu der Person und versuchte mich schnell auf einen möglichen Angriff vorzubereiten. Ruckartig drehte sie sich um und bereits an dem wehenden weißen Haar konnte ich sie erkennen.

»Eve!«, quiekte ich freudig und rannte auf sie zu. Ein breites Lächeln erschien auf ihrem erschrockenen Gesichtsausdruck, bevor auch sie mir entgegen gerannt kam. Fest nahmen wir uns in die Arme.

»Bei Jorun, ich habe dich so vermisst«, nuschelte Evelyn gegen meinen Hals.

»Ich dich auch, Süße«, krächzte ich.

Als wir uns voneinander lösten, standen uns beiden die Tränen in den Augen.

»Wo ist der Dämon? Wieso bist du ganz allein hier?«, fragte ich, als ich mich umsah und niemanden erblickte.

»Der Dämon, der mich entführt hat, heißt Zyran und er ist bereits zum Schloss gegangen«, antwortete sie und ich runzelte verwirrt die Stirn.

»Ich verstehe nicht. Er hat dich entführt und lässt dich nun allein vor dem Schloss stehen?«

Evelyn seufzte laut. Ich sah es ihr sofort an, es gab etwas, was sie mir mitteilen wollte, doch es schien ihr unangenehm zu sein.

»Eve? Was ist passiert seitdem er dich mitgenommen hatte?«, fragte ich vorsichtig.

»Er weiß, warum ich meine Magie nicht wirklich nutzen kann, und er kann mir dabei helfen, sie zu erlangen. Außerdem hatte er die Theorie oder besser gesagt er ist sich sicher, dass ich zum Teil ein Dämon bin und es gibt auch ein paar Beweise dafür, dass er recht haben könnte.«

Mir blieb der Mund offenstehen. *Meinte sie das gerade ernst? Bei Jorun! Evelyn soll ein Dämon sein?*

Evelyn war wie eine kleine Schwester für mich und nun will sie mir wirklich weis machen, sie sei ein Dämon? War das überhaupt möglich? Ein Dämon? Das ergab irgendwie keinen Sinn. Ich hätte doch etwas merken müssen … oder? Ich schluckte schwer, denn je länger ich darüber nachdachte, desto mehr Sinn ergab das Ganze.

Und so langsam glaube ich, komme ich dahinter,
warum die Schwestern so erpicht auf der Suche nach
ihr sind.

»Wir müssen hier sofort weg«, flüsterte ich voller
Panik.

Irritiert und schockiert zugleich starrte sie mich an.
»Ich kann hier nicht weg, Nadia. Ich muss
herausfinden, wer ich wirklich bin, ich muss bei Zyran
bleiben.«

Mehrmals nickte ich, da ich ihre Sichtweise verstand,
doch sie hatte keine Ahnung, was hier noch alles auf sie
zukommen könnte. Also werde wohl auch ich
auspacken müssen mit allem, was ich wusste. »Du
musst mir jetzt gut zuhören, Eve«, begann ich und hatte
sofort ihre volle Aufmerksamkeit.

»Ich möchte dich keinesfalls davon abhalten, die
Wahrheit über dich herauszufinden, doch eines solltest
du auf jeden Fall noch wissen. Ich bin nicht allein hier.
Schwester Trya und ein paar der Schwestern sind auf
der Suche nach dir, doch während ich mit ihnen
unterwegs war, habe ich immer mehr das Gefühl
bekommen, es würde etwas nicht stimmen und ich hatte

recht. Die Schwestern hatten uns verheimlicht, dass nicht nur Schwester Klayra ermordet wurde, sondern noch mehr lehrende Hexen und sogar ein Schüler. Noch dazu glaube ich, wissen sie über deine Identität Bescheid, denn als ich Trya darüber informiert hatte, dass du entführt wurdest, ist sie vollkommen ausgerastet. Sie hat mich sogar geschlagen. Außerdem waren die aufgeschlitzten Kehlen ein Warnzeichen, welches an die höheren Ränge ging. Die fehlenden Seiten, die wir in den Büchern gesehen hatten, wurden schon vor Jahren entfernt, damit keiner herausfinden konnte, was es mit diesen Warnzeichen und der ganzen Situation auf sich hatte.«

Evelyn sah mich irritiert an. »Die Warnzeichen gingen an die höheren Ränge, was soll das denn heißen?«

Ich zuckte mit den Schultern. »Ich habe keine Ahnung, da Trya nicht mehr gesagt hatte und ich beim Lauschen beinahe erwischt worden wäre. Doch eines kann ich dir sagen: Du bist in Gefahr und ich bin mir nicht sicher, ob die Schwestern oder der furchterregende Dämon die richtige Lösung für dich sind.«

»Du denkst, dass nicht nur der Dämon mich entführt hat, sondern auch die Schwestern?«

»Das bezweifle ich irgendwie. Doch schwören würde ich darauf nicht, nach allem, was ich mitbekommen habe, traue ich den Schwestern mittlerweile alles zu. Aber wirklich sicher bist du bei keinem, oder weißt du, was der Dämon genau von dir möchte und ob er dir wirklich helfen will?« Ich sah sie zögern, sah wie sie überlegte. Doch die Antwort blieb aus.

Stattdessen sah sie mit zusammengezogenen Augenbrauen hinter mich und flüsterte: »Hast du das gehört?«

Verdammt! Die Schwestern waren jeden Moment hier! Mit großen Augen drehte ich mich um und sah in die Tiefen des Waldes, doch es war noch keine Spur von ihnen zu sehen. Ich wollte mich bereits wieder zu Evelyn drehen, als auch ich ein leises Rascheln und Knacken von Ästen hörte. Eine Gänsehaut breitete sich auf meinem Körper aus, als die Geräusche immer lauter wurden. *Wir mussten hier so schnell wie möglich weg!*

KAPITEL 28

- EVELYN -

Nadia sah immer nervöser aus. Während sie sich weiterhin in alle Richtungen umsah, bemerkte ich die kleinen Schweißperlen auf ihrer Stirn. *Nun die Sache mit den Schwestern war wirklich etwas beängstigend, doch irgendwie glaube ich, dass Nadia die Situation ziemlich heruntergespielt hatte. Die Dinge, die sie erzählte, waren schon beängstigend genug, doch so wie jetzt hatte ich Nadia noch nie gesehen. Ich hatte eindeutig etwas Großes verpasst.*

Gerade als ich sie darauf ansprechen wollte, drehte sie sich plötzlich wieder zu mir um und griff nach meiner Hand. »Wir müssen hier sofort weg!«, flüsterte sie mit Panik in der Stimme und zog mich hinter sich her, damit ich ihr folgen würde. Ihr Weg jedoch führte in den Wald und somit in die gegengesetzte Richtung, in welcher sich das Schloss befand. Ich versuchte ihr meine Hand zu entreißen. *Ich wollte hier nicht weg!*

Auch wenn Zyran nicht gerade der vertrauenswürdigste Mann war, wusste er vermutlich als Einziger, wer ich wirklich war, und besaß die Mittel mir zu helfen. Ich musste sein Angebot zumindest anhören. *Ich wollte nicht mehr länger im Dunkeln tappen!*

»Nadia, lass mich los«, versuchte ich es ruhig, doch sie hörte nicht auf mich. Also musste ich es wohl mit einer etwas strengeren Miene versuchen. »Nadia! Stopp!«

Sofort hielt meine beste Freundin an, drehte sich zu mir und sah mich schockiert an.

Ich seufzte. »Ich weiß, du meinst es hier gerade nur gut. Doch wie ich dir bereits sagte, werde ich zu Zyran gehen. Im Gegensatz zu den Schwestern, die vermutlich auch wissen, wer ich bin, bot er mir seine Hilfe an. Ich kann einfach nicht mehr länger im Ungewissen sein, ich muss wissen, wer ich bin!« Ich machte eine kurze Pause und fügte dann hinzu: »Ich weiß, wie absurd sich alles anhört, doch du musst mir in dieser Situation vertrauen.«

Ich sah, wie sie angestrengt am Überlegen war, sie tat sich schwer mit ihrer Entscheidung. Doch sie würde mir niemals im Weg stehen oder meine Hoffnungen einfach zunichtemachen. Sie wäre skeptisch und würde es lange Zeit bleiben, noch mehr als ich es war. Dies galt für uns beide! Ich sah es ihr an, sie war bereits dabei nachzugeben. Als ich das leise Seufzen hörte, bestätigte dies meine Vermutung nur noch.

Doch gerade, als sie mir etwas mitteilen wollte, wurde sie von einer anderen Stimme unterbrochen.

»Evelyn! Komm raus, wir wissen, dass du hier bist!«

Es klang, als wäre sie noch ein paar Meter von uns entfernt und dennoch sahen wir uns beide panisch an, denn wir beide wussten natürlich sofort, zu wem diese Stimme gehörte.

Trya! *Verdammt! Was sollen wir nun tun?* Das Rascheln wurde immer lauter, Trya sowie die anderen Schwestern würde jeden Moment hier auftauchen. Doch wenn sie Nadia hier bei mir sahen, würde nicht nur ich leiden, sondern auch sie. Denn wenn Nadia die

Wahrheit gesagt hatte, traute ich den Schwestern nun wirklich alles zu! Nadia fing an, richtige Panik zu schieben und das kam bei ihr wirklich selten vor, noch dazu war ich mir ziemlich sicher, dass sie mir ein paar Dinge über die Schwestern verschwiegen hatte, aus welchem Grund auch immer.

Ich legte meine Hände auf ihre Schultern. Mit großen Augen sah sie mich an. Bevor ich überhaupt etwas von mir geben konnte, schüttelte sie bereits ihren Kopf, sie wusste, was auch immer ich nun sagen würde, würde ihr nicht gefallen. *Doch es musste sein!*

»Jetzt hörst du mir gut zu–«, begann ich, wurde jedoch sofort unterbrochen. Das Rascheln der Blätter auf dem Boden, wurde immer lauter.

»Evelyn.«, flötete Trya. Ihre Stimme war unüberhörbar, sie war ganz nah.

Entsetzt sah ich Nadia an. Schneller als mein Gehirn überhaupt schalten konnte, fasste ich den vermutlich dümmsten Gedanken, den ich überhaupt haben konnte.

Ohne wirklich darüber nachzudenken, stieß ich Nadia um und da sie nicht damit gerechnet hatte, gab sie sofort unter der Stärke meines Stoßes nach. Keuchend blieb sie im Gebüsch liegen und blickte entsetzt zu mir auf.

Die Schwestern würden sie darin nicht sehen, solange Nadia sich nicht bewegte oder irgendwelche Geräusche von sich gab.

»Such nach Zyran. Er steht am Eingang des Schlosses. Glaube ihm, wie ich es tue. Er wird dir alles erklären!«, wisperte ich panisch. Eine Träne befreite sich aus ihrem Augenwinkel und ich sah, wie sie mit den Lippen die Worte *Hab dich lieb* formte. Sie wusste es hatte keinen Sinn mehr. Bevor sie aus dem Gebüsch klettern konnte, wären die Schwestern bereits hier.

Solange Nadia nicht gefunden wird, bestand eine Chance auf meine Rettung.

Noch bevor es sich einer von uns hätte anders überlegen können, trat Trya hinter einem Baum hervor.

Mit einem selbstgefälligen Grinsen kam sie auf mich zu. »Hab ich dich.«

Ich schluckte nervös. »Hast du denn gar nichts zu sagen, Evelyn?«, säuselte sie, um mich zu provozieren.

Da hatte sie sich aber gründlich geschnitten. Ich werde kein Wort sagen! All die Jahre hatte sie mich belogen, wieso sollte ich noch ein Wort mit ihr sprechen? Kein Ton wird mehr in ihrer Gegenwart über meine Lippen kommen! Das verspreche ich.

Als Trya einen weiteren Schritt auf mich zu machte, wich ich dennoch nach hinten aus. Vielleicht sprach ich ja nicht mehr mit ihr aber, dass ich keine Gegenwehr leisten würde, davon war nie die Rede. Wenn sie mich fangen wollte, dann nicht ohne einen Fluchtversuch meinerseits.

Ruckartig drehte ich mich um und wollte bereits davon stürmen, als von allen Seiten eine Schwester hinter einem Baum hervorkam. Langsam kamen sie immer weiter auf mich zu und kreisten mich ein. *Verdammter Mist!*

Genaustens musterte ich sie, bis sie knapp einen Meter vor mir stehen blieben. Trya trat vor und kam mit einem siegessicheren Funkeln in den Augen auf mich zu.

»Gib einfach auf, Evelyn. Wir wollen dir doch nichts tun, wir holen dich nur nach Hause.«

Ich schnaubte. Bis vor wenigen Tagen hätte ich ihr vielleicht noch geglaubt, doch nach allem, was mir

Zyran und Nadia erzählt hatten, glaubte ich dieser Hexe kein Wort mehr. Nie mehr würde ich ihr vertrauen!

Ich verzog meine Augen zu zwei Schlitzen und verfolgte ihre Bewegungen auf Schritt und Tritt. Weglaufen war nun keine Option mehr für mich, doch eine Sache konnte ich noch tun. Bevor Trya wusste, wie ihr geschieht, holte ich mit meiner zu einer Faust geballten Hand aus und schlug ihr mitten ins Gesicht. Ein leises Knacken war zu hören, als sie stöhnend zurücktaumelte und sich die nun blutende Nase hielt.

Wut flackerte in ihrem Gesicht auf. Doch sofort überspielte sie ihre Emotionen, in der Hoffnung, dass ich nichts bemerkt hatte.

Ihr Blick wurde traurig und mitfühlend, als sie murmelte: »Was hat dir dieser Dämon nur angetan? Was hat er mit dir gemacht, dass du so reagierst? Komm mit uns Evelyn wir kriegen das schon wieder hin. Hörst du?«

Erneut näherte sie sich mir und ich startete einen zweiten Versuch, ihr weh zu tun.

Leide, so wie du mich hast leiden lassen!

Gerade als ich ein weiteres Mal ausholen wollte, schnappte sie sich mein Handgelenk und funkelte mich wütend an. »Wir gehen«, knurrte sie in Richtung der anderen Schwestern. Anscheinend war noch niemandem aufgefallen, dass Nadia nicht mehr bei ihnen war. *Das war gut. Hoffentlich würde Nadia genau das tun, was ich zu ihr gesagt hatte.*

Während Trya mir mit einem Zauber Fesseln um meine Handgelenke schnürte, fing ich doch langsam an, Panik zu bekommen. Genervt blickte ich auf die verzauberten Seile hinab. *Na, ganz toll. Schon wieder gefesselt.* Sofort zog mich Trya wieder tiefer in den Wald hinein. Jeden Moment würde sie einen Zauber sprechen und mich zurück zum Kloster bringen. Mein Herz schlug immer schneller und die Panik in mir stieg mit jedem Schritt, den wir machten.

Und gerade, als ich glaubte, Trya würde uns ins Kloster zaubern, hörte ich eine sanfte Stimme in meinem Kopf.

»Komm schon Evelyn. Du kannst Zyran vertrauen. Ich weiß, dass du es weißt! Wieso brauchst du denn so lange? Ich hatte wirklich geglaubt du würdest kommen. Fynn hat es geglaubt und ich bin mir sicher, auch Zyran war davon überzeugt, sonst hätte er dich bestimmt nie allein dort am Waldrand stehen lassen. Wo bleibst du?« Jade.

Nun rollte auch mir eine einzelne Träne die Wange hinab. Sie klang so verletzt. Sie hatten wirklich alle fest daran geglaubt, ich würde zu ihnen kommen.

Genauso wie ich ... Es tut mir so unendlich leid, Jade.

Kapitel 29

- Zyran -

»Ich habe wirklich geglaubt, sie würde kommen«, murmelte ich. Für einen kurzen Moment hatte ich vorhin ihren Gedanken gelauscht und da klang sie sich so sicher.

Es waren schon mehr als zehn Minuten vergangen und noch immer keine Spur von ihr. Sollte sie dieses Mal geflohen sein, würde ihr die Flucht tatsächlich gelingen können. Ich hatte so viel Vertrauen in sie gesetzt und ihren Gedanken seit vorhin nicht mehr gelauscht. Vielleicht war dies nicht die beste Idee.

Könnte sie etwas umgestimmt haben? Oder war sie noch immer im Kampf mit sich selbst?

»Da kommt jemand«, sprach Fynn freudig und deutete auf eine Gestalt, welche auf uns zu gerannt kam.

Ich kniff die Augen zusammen. Es war ein junges Mädchen, doch es war nicht Evelyn.

Das Mädchen hatte hellbraunes Haar und dennoch kam sie mir bekannt vor.

»Das ist Nadia.«

»Wer?«, fragte Fynn irritiert.

»Die beste Freundin von Evelyn. Sie war dabei, als ich sie mitnahm.«

Als Nadia weiter auf uns zu gerannt kam und nicht langsamer wurde, baute sich Fynn schützend vor mir auf. Auch wenn er dies nicht musste, es lag einfach in der Natur des Höllenhundes, seinen *Erschaffer* und *Herrscher* zu schützen. Ein bedrohliches Knurren drang aus seiner Kehle, als Nadia nur noch wenige Meter von uns entfernt war.

»Ist gut Fynn«, nuschelte ich.

Nadia sah etwas erschrocken aus und starrte Fynn eine halbe Ewigkeit an. Ihr Blick huschte erst zu mir, als ich mich einmal räusperte. »Mutig von dir, hier einfach aufzutauchen«, drohte ich ihr, da sie sich nicht zu sicher fühlen sollte. Schließlich wusste ich noch nicht, was sie von uns wollte. Sie atmete schwer, sie muss also ein ganzes Stück gerannt sein. Als sie weiter auf mich zukam, knurrte Fynn erneut und fauchte: »Abstand halten, sonst reiß ich dich in Stücke.«

Obwohl ich ihr Herz rasen hörte und sie definitiv Angst hatte, ließ sie sich das nicht anmerken.

»Mach sitz, Köter und schweig still!«

Entsetzt starrte Fynn sie an.

Während ich leicht schmunzeln musste, bevor ich schnell wieder ernst wurde.

»Was machst du hier? Wo ist Evelyn? Ist sie bei dir?«

Nadia seufzte und fuhr sich durch ihr Haar. »Wo soll ich nur anfangen?«

»Am Anfang«, antwortete ich, was sie die Augen verdrehen ließ.

»Die Schwestern hatten mich mitgenommen, um Evelyn zu suchen. Als ich mehr oder weniger herausfand, was sie vorhatten, beschloss ich, vor ihnen bei Eve aufzutauchen. Trya war dabei dicht hinter mir. Ich hatte Evelyn alles erzählt, was ich über die Schwestern erfahren hatte, und dennoch beschloss sie nicht mit mir zu fliehen, da sie aus irgendeinem mir unverständlichen Grund zu dir wollte. Diese Idiotin stieß mich in ein Gebüsch und meinte dann nur noch ich solle zu dir gehen, sobald die Luft rein ist. Sie vertraut dir. Sie vertraut offensichtlich darauf, dass du sie retten würdest, was ebenfalls unverständlich für mich ist. Doch nun bleibt mir nichts anderes mehr über als darauf zu hoffen, dass sie recht hat und man dir zumindest ein wenig trauen konnte. Trya hat sie mitgenommen und so wie es aussah, hat sie nichts Gutes mit ihr vor!«

Fynn gab einen entsetzten Laut von sich. Nadia und ich sahen gleichzeitig zu ihm. »Wenn die Schwestern sie haben–«, Fynn ließ den Satz unbeendet und sah mich aus großen Augen heraus an. »Wir müssen sie finden!«

Mehrmals nickte ich. Er hatte recht. Denn wenn die Schwestern Evelyn wirklich mitgenommen hatten, konnte ich für nichts garantieren. Sie könnten sie foltern, verletzen, oder noch schlimmer, umbringen!

Wieso hatte sie sich gestellt? Nadia und Evelyn hatten anscheinend einen größeren Draht zueinander, als ich angenommen hatte. Der Beschützerinstinkt der beiden war ziemlich groß. Was in Situationen wie dieser nicht gerade zum Vorteil war!

»Evelyn sagte, du wüsstest ein paar Dinge über sie und sie ist der festen Meinung, du würdest es mir erklären«, unterbrach Nadia meine Gedanken.

Das würde ich auf jeden Fall tun, doch zuerst–

Bevor ich meine Pläne zu Ende denken konnte, unterbrach mich eine laute Stimme.

»Aus dem Weg!«, hörte ich Jade aufgebracht rufen.

Zusammen mit Nadia und Fynn, drehte ich mich zum Tor des Schlosses um.

Jade riss es auf und kam aus dem Schlosshof, auf mich zu gerannt. Noch nie hatte ich einen Dämon außer Atem gesehen, doch als Jade bei mir ankam, ging ihr Atem stoßweise.

»Irgendetwas stimmt nicht mit Evelyn!«, keuchte sie.

Obwohl ich bereits vermuten konnte, was sie mir gleich mitteilen wollte, ließ ich sie aussprechen.

»Ich habe keine Ahnung, wie sie das geschafft hat, doch gerade, als ich gedanklich zu ihr sprach, damit sie zu uns kommt, konnte ich ihre Stimme in meinem Kopf hören!«

»Du konntest was?«, fragte Fynn irritiert.

Auch ich war erstaunt. Dafür, dass sie gerade erst herausgefunden hatte, dass sie überhaupt die Gedanken von Dämonen hören konnte, war dies ein wirklich außergewöhnliches Phänomen. Das Kommunizieren in Gedanken war keine einfache Übung. Allein, dass sie Jade aus solch einer Entfernung hören konnte, glich einem Wunder.

Wir alle haben dich eindeutig viel zu sehr unterschätzt Evelyn!

»Was hat sie gesagt?«, fragte ich.

»Sie sagte sie wollte zu uns kommen, doch sie würde nicht können. Sie hatte meinen Namen gesagt und sich mehr oder weniger bei mir entschuldigt, wir müssen–« Jade war so in Panik geraten, sodass sie erst jetzt die zarte Gestalt von Nadia neben mir wahrnahm. »Wer ist das?«

»Ich bin Nadia. Ich bin Evelyns beste Freundin und bin hier, um sie mit eurer Hilfe zu retten.«

»Retten? Also hatte ich recht. Ihr ist etwas zugestoßen.«

»Die Schwestern aus dem Kloster haben sie«, erklärte ich Jade knapp.

Ein furchteinflößendes Grollen, wie es nur ein Dämon konnte, drang aus ihrer Kehle. »Was steht ihr hier dann noch so herum? Wir müssen sie finden!« Jades wütender Blick schoss zu Nadia. »Du weißt, wo sie mit ihr hin sind?«

»Wenn Trya die Wahrheit gesagt hat, sind sie zurück zum Kloster.«

Knapp nickte Jade, bevor sie zu mir sah. »Was werden wir jetzt tun, Zy?« Ohne zu zögern, wendete ich mich an Fynn und befahl: »Ruf ein paar Krieger zusammen, sie sollen sich bereit machen, in zehn Minuten wollen wir los. Jade, du holst die Pferde und bereitest sie vor. Nadia, du kommst mit mir, wir sollten uns vor der Reise noch etwas unterhalten.« Keiner Widersprach. Nicht einmal Nadia.

Kaum, dass ich meine Rede beendet hatte, rannten Fynn und Jade zurück ins Schloss, kurz darauf hörte man bereits, wie die Dämonen im Schloss *zum Leben erwachten* und sich für eine Reise vorbereiteten. Bevor ich mich Nadia zuwandte, huschte mein Blick für ein paar Sekunden zum Wald.

Keine Sorge Evelyn, wir werden dich finden und ich werde jeden umbringen, der dir auch nur ein Haar gekrümmt hat! Halte durch, Kleines!

ENDE BAND 1

Fortsetzung folgt ...

Danksagung

Vielen Dank, dass du dich dazu entschieden hast, mein Buch zu kaufen und zu lesen.
Ich hoffe sehr, dass es dir gefallen hat und ich dein Interesse für den zweiten Band wecken konnte.
Ich würde mich außerdem sehr über eine Rezension oder ein paar Sterne von dir freuen!

Einen großen Dank geht außerdem an meine lieben Testleser: Antonia, Marie, Naomi, Vanessa und Lena. Ihr alle habt mich die ganze Zeit über sehr unterstützt und mir viel geholfen. Vieles hätte ich ohne euch überhaupt nicht bemerkt und geschafft.
Ebenfalls bedanke ich mich bei meinen wundervollen Wattpadlesern. Ohne euch hätte ich mich nie getraut, meinen Traum wahr werden zu lassen. Ihr habt mich immer wieder motiviert und so wunderschöne Kommentare hinterlassen.

Auch geht ein großes Dankeschön an meine liebevolle Lektorin Lissy, welche mich immer unterstützt hat und mich die ganze Zeit über sehr gut beraten hat. Ohne dich hätte ich einiges nicht erreicht! Es hat mir sehr viel Spaß gemacht, mit dir zu arbeiten.

Um keine Infos mehr zu verpassen, könnt ihr mir gerne auf Instagram @anniiestan_ oder auch auf TikTok @anniiestan_ folgen.
Natürlich werde ich euch dort auch auf dem Laufenden mit der Fortsetzung von Evelyn & Zyran halten.

Eure,
AnniieStan

ÜBER MICH

Mein Pseudonym ist Anniie Stan und ich bin 2005 geboren. Seit 2020 schreibe ich Kurzgeschichten auf Wattpad und konnte dort schon mehrere tausende Leser mit meinen Geschichten begeistern.

Für mein Leben gerne schreibe ich Romantasy und Dark Romantasy. In meinen Büchern könnt ihr vor allem eine große Portion an Drama, Spannung und Düsternis finden.